RYU NOVELS

百花繚乱の凱歌③

最終決戦！

遙　士伸

この作品はフィクションであり、
実在の人物・国家・団体とは一切関係ありません。

CONTENTS

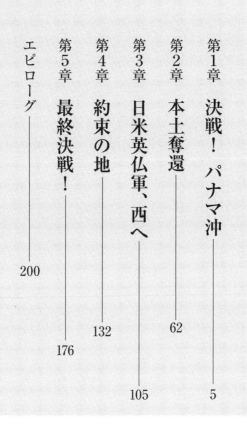

第1章　決戦！　パナマ沖

一九四四年四月一九日　ブリスベーン

日増しに高まる緊張感は、決戦が近いことと無縁ではなかった。

「近いうちに一大作戦が決行される」という情報は、おおやけには流れていない。

しかし前線で戦う将兵も、そして後方支援にあたる者たちも、刺すほどに感じる張りつめた空気に、そう直感させられていた。

（やはり、ここに行きつくか）

戦艦『大和』砲術長大川秀一郎《しゅういちろう》中佐は、独自の人脈から確度の高い中央の情報を得ていた。

秀一郎は海兵五一期の卒業だが、同期生たちはそれぞれ責任ある立場で活躍している。それは水上勤務ばかりでなく、海軍省や軍令部といった中央勤務の者も少なくない。

そうした者たちから得られる情報は、あからさまに作戦目標や戦略目的が明確になっていなくとも、つなぎ合わせればおのずとそれらは見えてくる。

海図をなぞった秀一郎の人差し指が、ある一点でとまった。

パナマ。

南北アメリカ大陸を分ける、くびれた最狭部にあたり、太平洋と大西洋をつなぐ運河がかかる。

言わずと知れた要衝である。

日米英仏自由同盟軍は、ここ半年にわたって組織的な交戦を避けつつ、太平洋における敵の補給線寸断作戦を展開してきた。

それは一定の成果を収め、フィジーとソロモンで敵の侵攻を食いとめることに成功した。

自由同盟軍はオーストラリアを含む南西太平洋を死守したのである。

しかし、潜水艦を主戦力とした今の作戦では、敵を押しもどすことができないのも、また事実だった。

敵も必死の抵抗を見せてきた。Uボートを使った報復行動に出るとともに、航空機や水上艦艇を総動員してハンター・キラー作戦、すなわち潜水艦狩りを実施して今に至っている。

理想とした敵の枯死を実現するためには、なにをなすべきか。そこで考えられたのが、パナマ運河の破壊という自然な流れだった。


パナマ運河が破壊されれば、敵は南米大陸を大きくまわり込まない限り、太平洋方面に物資を送りとどけることができなくなる。

敵はこれまでパナマ周辺を確保し、パナマ運河の自由航行を可能としたものの、北アメリカでは自由アメリカ軍の抵抗が続いているため、陸路による大陸横断は現実的ではない。

ただし、敵もそのことは百も承知のはず。あっさりと運河の破壊ができると考えたら、大間違いだ。

敵の厳重な警戒網を突破する必要があるだろうし、敵が強力な戦力をパナマ前面に張りつかせているであろうことは容易に予想できる。

場合によっては、敵主力艦隊との交戦も避けられないかもしれない。

むしろ、一大決戦が生起する可能性が高いのではないかと、秀一郎は考えていた。

（王道のような作戦となれば、敵も正攻法で待ちかまえるだろうからな。そこで自分は）

秀一郎は自分に求められる役割というものを、しっかりと認識していた。

軍令部一課にいたころであれば、戦略的な奇策、秘策をめぐらすこともあっただろうが、今の自分の役割では戦術の研究や計画立案が求められる。

ただ単に、目の前の敵に砲をぶっ放すだけなら誰でもできる。問題はいかに速く、いかに効率よく、敵を撃滅するかである。

弾種、射法、目標、射距離の選択、さらに優勢なときと劣勢なときとで、どう戦っていくか。一見、単純に見える艦砲射撃も、その裏には操る者のさまざまな考えが反映されている。

敵主力――日本海やソロモン海で相対した大型戦艦（後にフリードリヒ・デア・グロッセ級と呼ばれる艦であることが判明）を沈めない限り、敵の太平洋撤退はないだろう。

そして、その実現を期待される筆頭が『大和』であることは疑うべくもない。

これまで自由日本艦隊単独の戦いでは、戦艦どうしの砲戦など望むべくもなかった。『大和』は裏方に徹して敵を引きつけ、水雷戦隊の雷撃で活路を見出す戦い方を続けてきた。

しかし、その戦法ではフリードリヒ・デア・グロッセ級の大型戦艦も、そしてビスマルク級戦艦でさえも撃沈できていない。

しかし、次の艦隊決戦が米英との共同作戦となれば、話は劇的に変わる。

自由アメリカ海軍のノースカロライナ級戦艦や自由イギリス海軍のキングジョージV世級戦艦と組めば、ドイツ戦艦との戦艦対戦艦の砲戦も可能となるだろう。

そうなれば……。

「いよいよ『大和』の真価を見せつけるときだ」と、秀一郎は漆黒の瞳を閃《ひらめ》かせた。美形と風格が伴った、鼻筋のとおった顔が不敵に揺れる。

まったく意識している自覚はなかったが、秀一郎も心の奥底では、こうした展開を望んでいたことは間違いない。

待ちに待った機会が、ようやくめぐってくる。頭では考えていなくても、鉄砲屋としての魂が揺さぶられていると言っていい。

秀一郎は大きく息を吸い、深い息を吐いた。興奮と熱気に身を任せず、心は燃えても頭はあくまで冷静に。秀一郎は芯のとおった、ぶれない男だった。

同日　パールハーバー

ドイツ第三帝国海軍中佐ライリー・ワードは、舷梯《げんてい》を一歩一歩ゆっくりと踏みしめていた。ともすれば、いっきに駆けあがりたい高揚感もあったが、そこは自制して進む。

歩を進めるたびに、期待と喜びが胸中を満たしていく。それを噛みしめるワードの表情は自然にほころんでいた。

上甲板まで昇って艦を見渡すと、期待は絶頂に達した。

「でかい」

端的にそう感じた。すべてのものが迫力充分に訴えかけてくる。そんな気もした。

たった一インチの口径差であっても、主砲の存在感は桁違いに思え、それを支える艦体の大きさも、幅はもちろん、長さも感嘆するものだった。

「さすが我が軍最大の戦艦だな」

ワードは満足げにつぶやいた。

フリードリヒ・デア・グロッセ級戦艦の二番艦

『ウルリヒ・フォン・フッテン』――それがワードの新たな職場だった。

巡洋戦艦『デアフリンガー』の砲術長として各地を転戦してきたワードは、これまでの功績が認められて『ウルリヒ・フォン・フッテン』の太平洋艦隊編入と同時に、その砲術長に抜擢されたのである。

言うまでもなく栄転であり、ドイツ海軍最大最強戦艦の砲術長となれば、鉄砲屋としてそれ以上のものはない。

『ウルリヒ・フォン・フッテン』は全長二七七・八メートル、全幅三七・六メートル、基準排水量五万五四五三トンの艦体に、四〇・六センチ連装砲を前後に二基ずつ積んでいる。

『デアフリンガー』と比較して、主砲口径はわずか一インチの差であるものの、面積は二乗、体積は三乗の法則によるため、印象はまるで違う。砲塔は岡と山ほどの差もあるように感じた。

さらに艦体は二万トンの差とくれば、もはや大人と子供のようなものだった。

「もう、あのときのようにはいかんぞ、ヤパーナア（日本人）」

ワードはソロモンでの屈辱を忘れていなかった。

八カ月ほど前、ソロモン諸島のガダルカナル島沖で、ワードは『デアフリンガー』の砲術長として自由日本艦隊と戦った。

その直前に自由イギリス艦隊を撃退した勢いのまま、ワードは自由日本艦隊に主砲を向けた。

装甲は薄いが快速という巡洋戦艦の特徴を生かすべく、『デアフリンガー』は僚艦『フォン・デル・タン』とともに、敵に対してT字を描く有利な位置を占めて砲撃を開始した。

敵に横腹を向けた自分たちは主砲全門を使って射撃できるが、敵は後部砲塔が死角になって使えない。その有利な状況をつくりだしたワードは、敵戦艦『ヤマト』に存分に三八センチ弾を送り込んだ。

作戦は奏功し、先手先手を取ったワードらは優位に砲戦を進めることができた。『ヤマト』の艦上に命中の閃光が幾度もほとばしった。真紅の炎が躍り、至近弾炸裂の水柱が『ヤマト』の舷側をこすりながら高々と宙に昇る。

ワードは勝てると思った。『ヤマト』は火災の炎に焼かれながら徐々に抵抗力を奪われ、崩壊した艦上構造物を抱えた艦体は浸水によって傾き、やがて力尽きる。

そう信じていた。

しかし、現実はまったく違った。たび重なる命中弾に見舞われながらも、『ヤマト』が弱った様子を見せることはなかった。火災の炎を背負うでもなく、行き足を衰えさせるわけでもなく、艦容にも大きな変化はない。『ヤマト』は反撃の砲火を閃かせた。報復の一撃が『デアフリンガー』に炸裂した瞬間、戦況は一八〇度変わった。

ただ一発の命中弾で、『デアフリンガー』は缶室と機械室の一部を破壊され、速力低下を余儀なくされたのだった。

幸い時間的制約もあったのか、『ヤマト』をはじめとする自由日本艦隊が撤退したため、『デアフリンガー』は沈められずにすみ、ワードも生きながらえることができた。だが、この海戦でワードはけっして拭いさることのできない屈辱感と大きな失望を味わわされたのである。

本業とする砲戦で、ワードが初めて喫した挫折だった。

そして、ワードと『デアフリンガー』の問題にとどまらず、この後、第三帝国の進撃が滞り、自由同盟軍の抵抗を許している。

もちろん、要因はほかにも複数あるが、このガダルカナル島沖での海戦が戦線膠着《こうちゃく》のきっかけになってしまったと、ワードは悔いていた。

自分は総統の期待を裏切ってしまった。総統が目指す千年帝国の樹立を滞らせてしまった。その汚点は倍の戦果で償わねばならない。

総統の夢は自分の夢でもある。第三帝国の隆盛と拡大に寄与することが、自分の生きがいでもあるのだ。それができないならば、生きている価値がないとまで、ワードは考えていた。

しかし、『デアフリンガー』レベルの艦では、『ヤマト』にけっして勝つことはできない。

復讐を誓うワードの、この課題をクリアする絶好の材料が用意された。それが、『ウルリヒ・フォン・フッテン』である。

「総統は自分に名誉挽回の機会を与えられた。それどころか、より強力な艦さえ託してくださった」

ヒトラーに心酔するワードは、そう信じていた。

「早く再戦の機会がほしい。この『ウルリヒ・フォン・フッテン』の主砲をもって、『ヤマト』に復讐の一打を叩きつけたい。借りは必ず返す」

ワードは、はやる気持ちを抑えきれなかった。

一九四四年六月一九日　東太平洋

総勢一〇〇隻をゆうに超える艦隊が北上していた。

艦隊は大きく二つに分けられる。一つは空母を中心とした機動部隊で、もう一つは戦艦を中心とした水上打撃部隊である。

それぞれ巡洋艦と駆逐艦を多数従えて進む様は壮観だった。パナマへ向かう自由同盟艦隊の全力出撃だった。

機動部隊の艦載機でパナマ運河を破壊する。それによって、敵の太平洋方面への補給には、重大な障害が出ることになる。

首尾よくパナマ運河を破壊できれば、それで作戦は終了する。だが、その途上で敵艦隊が現れた場合は水上部隊が護衛となって、その排除に努める。

これがパナマ運河破壊を戦略目的としたクローズド・ゲイト（閉じられた門）作戦の基本方針だった。

「いやあ、これだけ集まると見事なもんだな。なあ、喜三郎《きさぶろう》」

自由日本海軍特務少尉大川栄二郎《えいじろう》は、周囲を一望して大袈裟にうなずいた。

すぐ近くにはイラストリアス級の三番艦『インドミタブル』と四番艦『フォーミダブル』のイギリス空母二隻が並走し、やや後ろの離れたところにはアメリカ空母『ホーネット』がいる。

右舷を遠望しても、艦影がいくつも見られる。これは日本空母『翔鶴』『瑞鶴』を中心とする艦隊である。

これらの空母を中心として、巡洋艦と駆逐艦が円をなすように囲む二重の輪形陣を敷いて、各艦隊が進撃している。

「海軍ってものは、やはりこうでなくちゃなあ。ほんと」

「でもいいのかな、栄兄《えいにい》」

弟の喜三郎飛行兵曹長は、不思議そうな顔をして首をかしげた。

栄二郎と喜三郎が所属している独立混成飛行隊が母艦としている『イラストリアス』が珍しく艦隊らしい艦隊に組み込まれているのである。

「僕らって、いつも単独行動ばかりだったから」

「いいんだよ。なにも遠慮することはねえ。これが作戦だし、命令なんだからよ」

実は、ここが栄二郎の懸念点だった。

作戦は当初、少数精鋭で実行するという噂が流れていた。そうなれば、素行や性格には問題がありながらも、いずれもスーパーエースで固めている独立混成飛行隊に、まっさきに白羽の矢が刺さるであろうことは、容易に予想できる。

これまでも独立混成飛行隊は、敵中に単独で飛び込む過酷で危険な任務ばかり負ってきたため、「またか」と栄二郎はうんざりしていたのである。

しかし、母艦の『イラストリアス』は最大搭載機数が三六機と少なく、独立混成飛行隊は戦闘機隊であったため、任務の性格上、今回は声がかからなかった。

また、敵の大規模な抵抗も予想されるため、結局は少数精鋭ではなく、総力をあげた一大作戦としてクローズド・ゲイト作戦は決行されることになったのである。

こうした経緯があったからこその、栄二郎の大袈裟な反応だった。

「まあ、単独とはいっても秀兄《しゅうにい》の直衛なら喜んでやるけどな」

「そうだね」

二人は笑みを交換しながら、南西の水平線に視線を向けた。

その先には、長兄の秀一郎が戦艦『大和』に乗艦して追随してきているはずだった。

秀一郎は栄二郎から見て一四歳、喜三郎から見て一六歳も歳が離れた、父にも近い感覚の兄だった。

自分たちと違って海軍兵学校をトップクラスの成績で卒業し、海軍のエリートコースを歩んでいるが、かといってそれを鼻にかけることもなく、自分たち弟をいつも気にかけてくれてきた。

ソロモン海域の海戦でも、その気持ちがひしひしと伝わってきて、ともに戦ったことで兄弟の絆はますます強まっていた。

「また行ったね」

「そうだな」

巡洋艦から射出された水上機が、エンジン音を高鳴らせながら『イラストリアス』を追いぬいていく。

これだけの艦隊だが、実は航海は順調ではなかった。たび重なるUボートの妨害に遭っていたのである。

「さすがに目立つからね」

「そうだな」

そう言いつつ、栄二郎は余計な言葉を飲み込んだ。「かといって、隠密行動で少数精鋭。だから貴様らに頼むというのはやめてくれ」というものだ。

しばらくして、くぐもった音を伴い、前方の海面が白濁して盛りあがった。

飛びたっていった水上機が、Uボートが潜んでいるとみられる海中へ向けて爆弾を投下している。

幸い、向かってくる雷跡はない。

Uボートの撃沈は確認されていないようだが、少なくとも雷撃を許さないという予防措置にはなったらしい。

「ただな」

栄二郎は低くうめいた。

これでまた艦隊は足止めを食らってしまった。パナマへの行程は遅々として進んでいない。

位置や規模など、こちらの情報が敵の本隊に知られてしまったとも考えるべきだ。阻止に出てくるであろうことは言うまでもない。

「まずいね、栄兄。奇襲とはいきそうもない。そういうことだよね」

「ああ、立ち枯れてもらうのが一番楽だったんだけどな」

栄二郎が難しい顔をしたのは、そこまでだった。一転して開きなおった様子で口端を吊りあげる。

「それは虫がよすぎるってことだろう。敵も馬鹿じゃない。それこそ、俺たちはこれまでやられっぱなしだったんだ。やり返す機会が得られたと思って、目一杯暴れればいい。そのくらいに考えたほうが気楽にいけるだろう?」

栄二郎は白い歯を見せた。

「ああなればよかった。こうでないからまずい。そんな後ろむきな考えでいたら、気がめいるだけだ。運も逃げちまう。ま、俺自身にはなんの心配もいらねえけどな」

「そんなものかなあ」

「ととっ」

「冴《さ》えてるね」など、八重歯を覗かせた好意的な答えを期待していた栄二郎は、つんのめるような思いだった。

目をしばたたくと、長いまつ毛が余計に目だった。その直下の大きな目は、弟を優しく見守っていた。

(まあいい)

これが天然の喜三郎なのだ。悪気はない。

「さてと」

栄二郎はおもむろに屈伸を始めた。次いで両手を腰にあてて、上半身を左右に回す。

いつ出撃命令がかかっても対応できるようにという、準備運動である。

身体を温めて即応態勢にしておく。喜三郎もそれにならって、身体を動かす。

こうしたことも一流のパイロットである必要条件だった。

普段、軽口を叩いたり、不平不満をこぼしたりして、いい加減な男に見られることがあっても、栄二郎の本質はけっしてそうではなかった。

天才肌ではないが、自信家で信頼できるパイロット——それが栄二郎だった。


鉤十字の旗が、揃って北に向かってなびいていた。南下する艦の合成風によるものだった。

「ここぞと動かないで、まっすぐやってくればいいものを」

戦艦『ウルリヒ・フォン・フッテン』砲術長ライリー・ワード中佐は、敵を卑しんで渋面を見せた。ワードにとってみれば、敵はいつでもこのような様子だった。

水平線の向こうから艦載機をさしむけてきたり、戦艦を後ろに置いて駆逐艦ばかり突進してきたり。敵の指揮官が目の前にいれば、「意気地なしが！」と一喝してやりたいところだった。


敵は北アメリカに向かって北上しているという。

補給の問題から上陸作戦とは考えにくいが、占領中の我が方に対して、海からの攻撃を試みる可能性ならば充分にある。

あるいはパナマ運河を封鎖して、こちらの補給線を遮断しようとするか。いずれにしても、ドイツ太平洋艦隊としては看過できない。

そこで、ハワイ・オアフ島のパールハーバーに停泊していたドイツ太平洋艦隊の主力は、いっせいに抜錨《ばつびょう》して東太平洋を南下しているのである。

艦隊は大きく二つに分かれている。

『フリードリヒ・デア・グロッセ』『ウルリヒ・フォン・フッテン』『ビスマルク』『ティルピッツ』の戦艦四隻を中心とする艦隊と、『フォン・デル・タン』『デアフリンガー』『ヒンデンブルク』の巡洋戦艦三隻を中心とする艦隊である。

このうち『ヒンデンブルク』はO級巡洋戦艦の

四番艦として竣工した新造艦で、太平洋に来てから、まだ日が浅い。

これらが鉤十字をあしらった軍艦旗をはためかせながら、北上してくる日米英仏自由同盟艦隊を迎えうとうとしていた。

敵と違って、空母を中心とする機動部隊は存在しない。

これは、ドイツ海軍には『グラーフ・ツェッペリン』と『ペーター・シュトラッサー』の二隻しか空母がないという隻数の問題が大きい。

そのため、空母は直衛を主任務として巡洋艦や駆逐艦とともに護衛艦艇の一部として、それぞれ艦隊に加わっていた。

「ソロモンのときのようにはいかんぞ、ヤパーナア（日本人）」

復讐の炎に、ワードの赤い瞳が爛々《らんらん》と燃えあがる。

「あのときに受けた屈辱は、倍にして返してやらねば気がすまん。愚かしくも、なお我々にはむかおうとする貴様らは、一隻残らず一人残らず、暗い海底に沈めてくれる。総統の名にかけてな」

ワードはドイツ第三帝国総統アドルフ・ヒトラーの肖像画に対して、大きく右腕を突きだした。

六月二一日　ガラパゴス諸島沖

飛行甲板を蹴って、次々と艦載機が早朝の淡い空に駆けあがった。

「攻撃隊、発艦せよ」

「発艦、急げ」

空母『イラストリアス』を母艦とする独立混成飛行隊も、制空隊を担って攻撃隊に加わっている。

自由日本海軍特務少尉大川栄二郎と同飛行兵曹長大川喜三郎の兄弟も、第一次攻撃隊の一員として発艦準備を整えていた。

　一夜明けて思ったより近くに敵が現れたため、装備機は速力と武装に長《た》けたシー・ファイアが選択されている。

　暖機運転を続けるＲＲマーリン45エンジンのうなりが、轟々と飛行甲板上に響いていた。

「やっぱり駄目だったね」

　そのエンジン音にもかまわず、喜三郎が大声で話しかけた。栄二郎も怒鳴るような声で応じる。

「仕方ねえ。覚悟、決めて行くしかねえさ」

　敵艦隊がオアフ島のパールハーバーを出たという情報は、哨戒の潜水艦を介して自由同盟艦隊にも伝わっていた。

　当初の航海計画では敵艦隊が到着する前にパナマ沖に達し、作戦完了後に撤収できるという見とおしだった。

　しかし、たび重なるＵボートの妨害に遭い、「帰途に敵艦隊に捕捉される可能性あり」「作戦遂行中に遭遇の恐れあり」と徐々に見とおしは悪化し、ついには「目的地手前で敵艦隊に待ち伏せされる危険性あり」となったのだ。

　さすがに待ち伏せされるところまではいかなかったものの、敵艦隊に先んじてパナマに行きつくことはできず、ここ南米北西沖、赤道直下のガラパゴス諸島近海で、両者は交戦圏内まで近づくことになったのである。

　幸い、自由同盟艦隊は敵に先んじて相手を発見し、攻撃態勢を整えた。

　敵の偵察機はつい先ほどようやく現れたが、このタイミングでは攻撃隊を出そうと思っていたとしても、出せないはずだ。

　発艦中に空襲を受けたら、自分たちの爆弾や魚雷が誘爆して、ひとたまりもないからだ。

　もっとも、敵は空母と艦載機の数が少ないので、初めからそのつもりはないかもしれないが。

「大川栄二郎、出るぞ」

発艦する順番がやってきて、栄二郎は身構えた。

『イラストリアス』らイギリス空母には、油圧式のカタパルト――発艦補助装置が装備されている。

発艦する艦載機は自力で揚力を稼いで空中に飛びあがるのではなく、油圧による強制加速を受けて洋上に射出されていく。

メリットは短距離短時間で発艦が可能になることと、重量のある状態でも飛びたてることがあげられる。

また、理論的には母艦も風上に向かって全力航走して合成風を稼ぐ必要もない。いつでもどの方向にも、艦載機を発艦させることができる。

もっとも、強い横風を受けて艦載機が横転する危険性は残るため、厳密には無制限とはいかないのが実態である。

ちなみに、アメリカの空母は同種の装備を持つが、日本の空母は導入が遅れている。

『翔鶴』や『瑞鶴』は艦載機を発艦させる際には、今なお風上に艦首を立てて、まっすぐに走らねばならない。

単調な動きをする艦は潜水艦にとって格好の標的となるため、注意が必要である。

(来た)

カタパルトが作動した。強烈なGで身体がシートに押しつけられる。締めつけられるような感覚だ。歯を食いしばって耐えたと思うころには、機体はもう洋上に浮いている。

操縦桿を引き、スロットルを開く。

零式艦上戦闘機ほどの軽さは感じないが、シー・ファイアの運動性能も悪くない。

もし、零戦とシー・ファイアの空戦になれば、かなりいい勝負になるだろう。

栄二郎は首を大きくねじ曲げて振りかえった。

自分の二番機を務める喜三郎機にも遅れはない。

「喜三郎、ついてきているな」

相変わらず飄々としているのだろうと思うと、不安はなかった。

高度を上げると、イギリスの空母やアメリカの空母からも艦載機が上がっているのがよく見えた。

ただし、艦隊攻撃の中心となるのは自由日本海軍の九七式艦上攻撃機と九九式艦上爆撃機、それに自由アメリカ海軍のＴＢＤデバステーター艦上攻撃機とＳＢＤドーントレス艦上爆撃機である。

自由イギリス海軍が持つ艦攻、艦爆はいずれも旧式で力が劣ること、またイギリス空母の搭載機数そのものが少ないので、イギリス空母は直衛専任艦に近い役割を担うことになっていた。

ただし、四カ国合同部隊である独立混成飛行隊の母艦『イラストリアス』は、そこに含まれない。

九七艦攻と九九艦爆、デバステーターとドーントレスも完成時から久しく、けっして新鋭機とは言えなくなっている。

航空機開発が順調に進んでいれば、とっくに後継機に代わっていただろうが、本国を失っているという特殊事情がそれを妨げていた。

また、九七艦攻と九九艦爆はオーストラリアでコピー生産するという計画があったものの、結局は頓挫して、事実上、残存機が切れればそれまで。

デバステーターとドーントレスが同盟軍共通機として、オーストラリアで生産が開始されているという状況だった。

今回はまだないが、次の作戦あたりからは日本の空母にもデバステーターやドーントレスが積まれる予定である。

もっとも、零戦二一型はシンガポールでの再生産が軌道にのっており、その一部はすでに独立混成飛行隊にも供給されている。

各空母から飛びたった総勢二〇〇機ほどの戦爆雷連合は、隊列を組んで北上した。

前衛の敵戦闘機に遭遇したのは、それからわずか三〇分あまり後のことだった。

「制空隊、前へ」

獲物に飛びかかる狼の群れのように、独立混成飛行隊のシー・ファイア全機がいっせいに飛びだした。

「とにかく敵戦闘機を落とせばいいんだね、栄兄」

「そうだ。一心不乱にだ」

喜三郎と栄二郎のペアも、その群れのなかにあった。

独立混成飛行隊の任務は制空である。敵戦闘機を排除して、作戦空域の制空権を握るのが目的となる。それによって、後に続く艦攻、艦爆の進撃路を切りひらく。

もちろん、制空隊の網の目をすり抜ける敵戦闘機も皆無ではないだろう。それらから艦攻、艦爆を守るのは護衛を任務とする別の戦闘機隊の役割となる。

つまり、自分たちは敵戦闘機との空戦に専念できるということだ。

（おもしろいことになりそうだ）

栄二郎は後ろを一瞥《いちべつ》した。

ここまでの大編隊は、これまで見たこともない。航空機の集中投射の威力は、すでに一年半前の日本海南部海戦で自分たちが示したが、今回の規模はそれ以上である。

規模の拡大に比例した戦果を期待したい。空襲のみでの敵主力艦隊の撃滅も夢ではないはずだ。

しかしながら、敵もなにも学んでいないはずがない。日本海南部海戦の戦訓に応じて、それ相応の邀撃機《ようげき》を繰りだしてくると考えるべきだろう。

そうなれば、期待する戦果を得られるかどうかは、制空を担当する自分たちの働きにかかってくる。

（やってやろうじゃねえか。この俺にできないはずがねえ。俺一人で敵機を片っ端から落としてやるよ）

敵の機数はさほどでもない。制空隊と同数か、それ以下だ。

（大砲をぶっ放すことしか考えていないと、痛い目に遭うぜ）

敵艦隊は、戦艦は数も質も充実しているものの、太平洋に展開している空母は二隻にすぎないことがわかっている。

それでは数で押すことは、とうてい不可能だ。

制空隊で同等、これに自分たちは艦攻、艦爆の護衛につく戦闘機がいるので、作戦はかなり楽に進められそうだ。

散らばっている敵の直衛機に対して、僚機が次々と突っ込んでいく。

「喜三郎、こっちだ。ついてこい」

「わかった、栄兄」

栄二郎は喜三郎を連れて斜め右に上昇した。

「見敵必戦」と駆けだしたいのはやまやまだったが、正面対決は相手にとってもこちらにとっても、五分五分の戦いとなる。

どうせなら、初手から有利に戦いたかった。その意味で、高度を上げて位置エネルギーを稼いでおくのは基本だった。

複数の銃撃音が交錯して火箭《かせん》が乱れとぶ。

それを尻目に、栄二郎は機体をひねった。

全長九・一四メートル、全幅一一・二三メートルのシー・ファイアがいったん横倒しになり、やがて弓なりになって機首を下げる。

（やはり運動性能は零戦におよばないな）

実戦であらためて機体性能の差を感じた。

各国の主力戦闘機を比較すれば、シー・ファイアの運動性能は優秀とされている。

しかし、それでも零戦のような卓越した軽快感はない。零戦が一回転する間に、四分の三回転程度と見ておいたほうがよさそうだ。

また、後部が胴体と一体化したファストバック式のコクピットは空力的に優れ、防御の点でも有利なのだろうが、後方視界が悪いため注意が必要である。

まあ、その点は喜三郎に背中を任せているので心配はいらないが。

「あれだ」

栄二郎は僚機めがけて降下していくＢｆ１０９Ｔ二機に狙いを定めた。敵の標準であるグレーの濃淡の迷彩柄が目に入る。

例の黒騎士団は見あたらない。恐れず、怯《ひる》まず、戦うまでだ。

標的二機と自分たち二機は、下向きにしたハの字をさかのぼる相対位置にある。

零戦やシー・ファイアとは違った、Ｂｆ１０９Ｔの細長い主翼が印象的だ。

これは大気を受けとめて旋回するよりも、空気抵抗を減じて高速力を発揮することを優先して設計されたことを意味する。

「よし」

微調整して、液冷エンジン搭載機特有の先細りの機首を向ける。

降下に伴う重力加速度が推進力に上乗せされる。速度計の針は跳ねあがり、逆に高度計の数字は見る見る下がっていく。

「いけ！」

先手必勝と、栄二郎は銃撃した。

空戦の醍醐味は、互いに視認しあった敵と右に左に旋回しあい、加減速を繰りかえして勝敗を決することと勘違いされやすいが、実はそうした状況に陥るのは三流である。

一流のエース・パイロットは敵を先に発見して、反撃する隙を与えずに撃墜する。いつもいつもしのぎを削っていたのでは、命がいくつあっても足りない。

それが、実戦という修羅場の正体である。

零戦の武装が二〇ミリ機銃二挺に七・七ミリ機銃二挺なのに対して、シー・ファイアのそれは二〇ミリ機銃二挺に七・七ミリ機銃四挺と上まわる。場合によっては、七・七ミリ機銃のみ八挺装備に換装できるとも聞いている。

そのシー・ファイアで今回は戦っているのだ。

栄二郎は弾道の直進性を優先して、七・七ミリを選択した。一本一本はか細いが、それを濃密に束ねた火槍を標的の針路に送り込む。

敵一番機は自ら、そこに突っ込んだ。たちまち風防ガラスが粉微塵に砕けちり、昼間の星を空中にきらめかせる。

中のパイロットがどうなったかは、推して知るべしだ。敵一番機はうなだれるように機首を下げ、そのまま墜落していく。

「おおっと」

それを避けようとした敵二番機と交錯しかけて、栄二郎は大きく機体を翻《ひるがえ》した。それを銃撃する余裕まではなかった。

だが……。

鈍い音とともに黒い影が分断された。

喜三郎の戦果だ。

(さすが喜三郎)

栄二郎は胸中でつぶやいた。

振りかえると、主翼を叩きおられた敵二番機を背景に、悠々と進んでくる喜三郎機が見えた。

空戦を主導する一番機の自分とは違って、二番機の立場である喜三郎は、予期せぬ状況の変化に迅速に対応することが求められる。

銃撃のタイミングは、ほんの一瞬だったかもしれない。

咄嗟の判断と反応の鋭さがなければ、ああはいかない。そう思うと、喜三郎がいかにもふてぶてしく見え、栄二郎は苦笑した。

無論、今は空戦中である。いつまでも余計なことを考えている暇はない。

体勢を乱しているところに、別の敵機が飛び込んでくる。頭では別のことを考えつつも、栄二郎は横目でしっかりとそれを認識していた。

ラダーを利かせつつ、操縦桿を倒す。栄二郎機は切りかえすようにして、敵機をいなした。

まあまあ、中堅どころ以上のパイロットだったようだ。栄二郎機への銃撃に失敗しながらも、執着することなく離脱していく。

敵としては正しい判断である。

二番機は喜三郎が追いはらったらしい。栄二郎への追撃はない。

「よし」

体勢を整えなおして次に入る。

空戦の展開は早い。一秒一秒が勝負である。気を抜くと、一瞬にして状況は暗転しかねない。

横合いを単機で衝いてくる敵機に対して、栄二郎は急旋回をかけて後ろについた。急加速で逃れようとする敵機を追う。

「ほう」

零戦ならば、ここで引きはなされて終わりだったろうが、シー・ファイアの速度性能はＢｆ１０９Ｔと遜色ないようだ。むしろ、わずかながらその差が詰まっているような気さえする。

たまらず敵機は急旋回に転じた。

そこが落とし穴だった。

運動性能で言えば、シー・ファイアはＢｆ１０９Ｔを数段上まわる。その敵に対して格闘戦に入ろうとした敵の選択は、完全に誤りだった。その状況に追い込んだ栄二郎の勝利である。

「辛抱強さが足りなかったようだな」

スピットファイア系列の戦闘機に特徴的な扇形の主翼が風を捉え、栄二郎は悠々と敵機の背後をとった。

二〇ミリ弾の一連射で、敵機の水平尾翼がちぎれ飛んだ。よろめく敵機に、追いうちの銃撃をかける。

救援にかけつけようとした別の敵機の気配を感じたが、それは喜三郎が阻止してくれたようだ。安心して背中を任せられる頼りになる弟だ。

Ｂｆ１０９Ｔに特徴的な角張った風防が音をたてて半壊し、機首のエンジン部から黒色の液体が吹きだす。

そこで「勝負あり」だった。

視界がいっきに開けた。

敵の直衛機を一機残らず排除できたとは思わないが、制空権獲得という目的は充分達成したと見ていいはずだ。

（啓開路はきっちり用意してやったぜ）

後続の艦爆隊と艦攻隊が、敵戦闘機の妨害なしに突撃態勢に入っていく。

ここで主役交代である。

「栄兄、やったね」

「ああ」

喜三郎に答えつつも、栄二郎はまだ満足していなかった。

今はまだお膳立てをしたにすぎない。満足すべきは敵艦をあらかた沈めたのを見届けて、自分が生きて帰ってからのことだと、栄二郎に妥協はなかったのである。

栄二郎ら自由同盟艦載機隊の空襲を受けたのは、『フォン・デル・タン』『デアフリンガー』『ヒンデンブルク』の巡洋戦艦三隻を中核とする艦隊だった。

ドイツ太平洋艦隊から分派された艦隊であり、邀撃のために快速を生かして先行していたところを捕捉されたことになる。

ドイツ艦艇が装備している高射装置、つまり複数の機銃座をひとまとめにして指揮、管制する装置は優秀だったが、肝心の対空火器が足りなかった。

ドイツ艦艇の設計思想は水上戦闘を重視したものので、対空戦闘に関する認識はまだ不十分だったのである。

もちろん、これはドイツ海軍が特別劣っているということではない。

日米英の艦艇も対空装備という点で、特に先進的なものを持っているわけではなかった。それを補うのは直衛の戦闘機であり、それを運ぶ空母だった。

その点が、ドイツ太平洋艦隊の決定的な弱点だった。

そこに自由同盟軍の艦載機隊が襲いかかった。『フォン・デル・タン』『デアフリンガー』『ヒンデンブルク』が全力で対空砲火を撃ちあげるも、それに捉えられる機はほとんどない。

また、必死の操舵で海面に大きく弧を描き、あるいは全速で波濤を蹴りあげようとも、攻撃隊は悠々と追随していく。

速力、身のこなしとも桁違いの艦載機では、必然のことだった。

ドーントレスが直上から一〇〇〇ポンド爆弾を叩きつけ、九七艦攻が細長い巡洋戦艦の艦体に航空魚雷をぶち込む。

三隻の巡洋戦艦が炎上して傾くまで、そう時間はかからなかった。

栄二郎も攻撃を続けている。魚雷命中の水柱を避けながら、敵艦上に機銃掃射を敢行する。

銃弾が木甲板を抉《えぐ》り、敵大型艦に特有の前檣前部に付けた大型探照灯を破壊する。

幾度となく海水が機体を洗い、したたる水滴が風にさらわれて消えていく。

「栄兄、そろそろ帰りの時間だよ」

「ん？　もうか」

喜三郎の指摘に栄二郎は燃料計に目を向けた。

指摘どおり、残量があやしくなってきている。

調子にのって粘っていると、母艦までたどりつけなくなってしまう。

洋上に不時着水しても、拾ってもらえる可能性は乏しい。たいていはそのまま行方不明扱いになって静かに沈んでいくか、鮫の餌食になるかのどちらかだ。

「ちっ、いいところだったのによ」

栄二郎はシー・ファイアの航続力不足を嘆いた。

高速で重武装、格闘戦も苦にしないシー・ファイアはよくできた艦上戦闘機だと思うが、最大の欠点はこの航続力の短さである。

零戦二一型の三分の一では、それだけ空戦時間も極端に制限されて当然だった。

敵巡洋戦艦三隻のうち一隻はすでに横倒しとなって、艦底を海面に覗かせている。残り二隻も撃沈はできそうだが、それを自分の目で見届けられないのが心残りだった。

「さあ栄兄、戻るよ」

「わかったよ」

名残惜しげな栄二郎に対して、ここは喜三郎がお目付け役だった。

味方の攻撃は続いている。

「勝った」

ひとこと言いのこして、栄二郎は戦場を後にした。自由同盟艦隊は幸先よく、空襲で先勝を手にしたのだった。

同日夜　ガラパゴス諸島沖

凶報に接しつつも、ドイツ太平洋艦隊主力は南下を続けていた。

昼間の空襲で『フォン・デル・タン』『デアフリンガー』『ヒンデンブルク』の巡洋戦艦三隻が沈んだという報せは司令部を震撼させたが、どのみち司令官エーリッヒ・バイ中将には戦う以外の選択肢はなかったのである。

第三帝国の至宝たる三隻を失いながら、おめおめと逃げかえっても居場所はない。よくても名誉剥奪と降格、予備役編入、下手をすれば銃殺刑で終わりである。

バイとしては可能性云々ではなく、とにかく昼間の敗北を埋めあわせする戦果を求めて行動する以外になかった。

旗艦『フリードリヒ・デア・グロッセ』『ウルリヒ・フォン・フッテン』『ビスマルク』『ティルピッツ』の四隻を主とする艦隊は、日没後も脇目もふらずに南下している。

敵の機動部隊はいったん撤退する可能性が高いと読んで、それを先まわりして待ちかまえようという針路である。

狙いどおりに敵機動部隊を捕捉できれば、昼間の敗北を帳消しにする戦果を得ることも夢ではない。

夜間に艦載機は飛ばせない。夜戦での空母は無力であり、砲戦に持ち込めれば一方的に撃沈できるからである。

　もちろん、敵も空母を裸で危険に晒《さら》すはずはない。水上部隊を同行させることはわかっているので、それを盾に使ってくることだろう。

　しかし、空母を守らねばならない敵と自分たちとでは、自由に動ける自分たちが断然有利だと、バイ以下の司令部は考えていた。

　空母の全周を守るのはほぼ不可能なため、うまくいけば背後を衝いて先に空母を叩くことができるかもしれないし、さらにそこで敵の混乱に乗じて水上部隊も一網打尽にできれば最高である。

　しかし、そうそううまくいくはずがないと考える男もいた。戦艦『ビスマルク』艦長エルンスト・リンデマン大佐である。

　敵はこちらの進撃状況を正確に把握できているはずだ。だからこそ、昼間に敵はあれほど完璧な戦果を手にしてみせた。

　こちらが夜戦を挑んでくることくらいは当然、織り込み済みだろう。

　それに応じた航路選択や艦隊配置を、しないほうがおかしいというものだ。

　リンデマンはけっして悲観的な敗北主義者ではなかった。都合の悪いことや不利な情報にも目を背けず、客観的な判断を下せる現実主義者だった。

　軍のなかにもマインド・コントロールされて、総統アドルフ・ヒトラー個人を狂信的に崇拝する者や、出世のために過度な偏見や人種差別思想にあえて染まる者も少なくなかったが、そうしたなかにあり、リンデマンは伝統的なドイツ軍人の気質を受けつぐ男だった。

　質実剛健と生真面目、国家と軍に忠誠を誓う理知的な男――それがリンデマンだった。

これまで自分たちは多少の足踏みはあったにしても、大きな戦いは連戦連勝で突っ走ってきた。

敵は防戦一方で、ヨーロッパから大西洋、そしてアメリカ大陸、さらには日本本土を含む北太平洋一帯からも追いやられ、ぎりぎり南太平洋地域にしがみついている状態だった。

しかし、今回はなにかが違う。より注意すべきという警告が発せられている気がしてならないリンデマンだった。

ここはいったん空襲圏外へ脱して、作戦を練りなおすべきではないか。

空母戦力の差は埋めようもないが、自分たちには陸上機を使うという選択肢もある。戦場を変えることさえできれば、もっと楽な戦い方もできるはずだと、リンデマンは考えていた。

しかし、リンデマンには作戦方針を決める権限はない。

リンデマンの権限がおよぶのは『ビスマルク』一隻だけで、作戦方針には助言をして影響をおよぼすことすらできないのだった。

リンデマンが感じていたように自由同盟軍は変わっていた。

以前のばらばらで協調性のない寄せあつめの軍を脱して、共通の目的をもって同じ方向を向いて進む一体となった軍へ変貌していたのである。

将兵の士気もあがり、相乗効果さえ生みだす手強い相手が立ちはだかろうとしていたが、そこにリンデマンは憮然とした表情のまま、ただつきしたがって進むしかなかったのだった。

闇の向こうから迫る敵を、レーダーは確実に捉えていた。

互いに肉眼では視認できない状態ながらも、激しい駆けひきは始まっていた。

「自由イギリス艦隊司令部より入電。B部隊、針路三二〇《さんふたまる》、第三戦速」

「まずは頭を押さえられずに反航戦で、ということですか」

通信参謀土肥一夫少佐の報告に、参謀長小暮軍治少将は再度、電文に目をとおした。

今回、自由同盟艦隊の総指揮は、自由イギリス艦隊司令官エドワード・サイフレット大将が執ることとされていた。

これは、保有する艦の総数がもっとも多いことと階級が最上位であるという理由だったが、これまで各国の艦隊がばらばらに運用されて統一行動がとれていなかったという反省に基づくものでもある。

もちろん、サイフレット大将や自由イギリス艦隊司令部が、すべての戦隊や駆逐隊に個別に指示を出すことは不可能であるため、それらは自由日本艦隊司令部や自由アメリカ艦隊司令部に大方針が下りて任されることになる。

もっとも重要な点は、水上戦闘の中心戦力である戦艦の運用だった。

自由同盟艦隊は、イギリス戦艦『キングジョージⅤ世』『ネルソン』『ロドニー』、アメリカ戦艦『ノースカロライナ』『ワシントン』、日本戦艦『大和』と計六隻の戦艦を擁しているが、それを一元的に運用したいがための措置という側面が強かった。

建艦コンセプトや運用思想、性能の違う艦をひとまとめに扱うのは無理があるのではないかという反対意見もあったものの、個別に戦ったのでは強大なドイツの戦艦群にはとうてい敵《かな》わないという危機感が優って否定された。

そのため、各戦艦の乗組員は陣形の形成や速力調整に腐心しつつ訓練を重ねて、今日という日を迎えていたのである。

ちなみに、B部隊というのは「Battle Ship（戦艦）」の頭文字から命名されており、序列は『キングジョージV世』『ノースカロライナ』『ワシントン』『大和』、そして『ネルソン』『ロドニー』の順となっている。

このうち『ネルソン』『ロドニー』は最高速力が二〇ノット台前半と鈍足のため、いざ砲戦開始となれば別行動をとることが想定されている。

「妥当な判断だ。妥当な判断だがな」

司令長官小澤治三郎中将は、そこでぽつりとつけくわえた。

「出番などないほうがよかったが」

「長官、またご冗談を」

小暮は一笑したが小澤は本気だった。

今回の作戦目的は、パナマ運河の破壊である。

敵艦隊との戦いは二次的なものにすぎない。

パナマ運河を破壊して、敵太平洋艦隊を困窮させて無力化する。それがベストだと、小澤は戦略目的をしっかりと自分の胸中に落とし込んでいた。

小澤にとっては昼間の航空戦すらも、ないにこしたことはないものだった。

ただ、艦載機を積んだ空母機動部隊が、すでに南南東の安全圏に退避できているのは朗報だった。

敵が機動部隊めがけて突撃してきた場合は、水上部隊が責任をもって対処するという事前の約束事を果たせということだ。

ドイツ側の楽観的な思惑は、ここですでに外れていたのである。

南西に向かっていた自分たちに対して、敵はその針路を遮《さえぎ》るように進んできた。

黙っていれば、砲戦の理想とされるT字を敵に描かれるために、サイフレット大将は北西方向への転舵を指示してきた。

そのままいけば、今度は反航戦となる相対位置である。反航戦であれば、速力の劣勢も気にせずにすむ。自分たちには好都合だった。

「敵の戦艦は四隻だったな」

「はっ、我が方は六隻。隻数では有利であります」

確認する小澤に作戦参謀白浜政七中佐が答えた。

「数の優位を生かして、包囲あるいは挟撃という戦術も有効かと思われます」

「うむ。だが、敵もそれをわかっている。突発的な変化への準備は怠らずにな」

小澤の予想は正しかった。

敵は砲戦開始早々に動いた。

「敵、一斉回頭！　一、二番艦以下、全艦反転。針路二二〇から二八〇……三〇〇」

小澤と小暮は顔を見あわせてうなずいた。


一方、不利な状況に陥る前に手を打ったドイツ太平洋艦隊のなかでも、将兵全員が諸手《もろて》を上げて賛成しているわけではなかった。

「回頭はいい、回頭は。だが、なんだこの目標は」

戦艦『ウルリヒ・フォン・フッテン』砲術長ライリー・ワード中佐は、不満たっぷりにこぼした。

ドイツ太平洋艦隊の戦艦四隻『フリードリヒ・デア・グロッセ』『ウルリヒ・フォン・ゾッテン』『ビスマルク』『ティルピッツ』は、敵戦艦群との反航戦に入った。

だが、わずか二射したところで、司令部は一斉回頭しての反転を命じてきたのだ。

それはいい。理由もわかる。

敵の速力から、ある程度予想はしていたが、ドイツの優秀な光学観測機器は、たった二回の発砲炎で、敵の五、六番艦が低速のネルソン級戦艦であることを見抜いたのである。

反航戦を続ければ、敵戦艦六隻をまともに相手にしなければならないが、反転して同航戦とすれば、低速の二隻を置きざりにして隻数の不利を解消することができる。

　自分たちの得意としてきた高速戦術が、またもや有効に働くのである。

　しかし、敵戦艦の序列が微妙なものになっていたのには首をかしげた。敵はキングジョージV世級を先頭とし、『ヤマト』を最後尾にしていた。

　そして、司令部は『ヤマト』に集中砲火を浴びせるのではなく、一隻ずつの同航戦を選択した。『ウルリヒ・フォン・フッテン』には敵三番艦が目標として割りあてられたのだ。

『ヤマト』への復讐の機会をうかがっていたワードにとっては、痛恨の命令だった。

「気に入らんな」

　ワードは隠そうともせず、遠慮なしに気持ちを口にした。

　ワードとともに、ドイツ式射撃指揮所ＤＣＴ(Director Control Tower)に詰める部下たちも、同じ気持ちだったのだろう。咎《とが》める者がいないどころか、にやにやと同意の意思を示している。

「なんとかしてください」「独断でもやってしまいますか？　さあ、ご指示を」とでも言いたげな様子だった。

「艦長！」

　熱気に押されて再度、艦長テオドール・クランケ大佐にかけあうも、命令が覆されることはない。

　そもそも、通信途絶などの緊急事態にでもならない限り、砲撃目標を変更する権限など艦長にはない。

　また、破天荒な人物ならばともかく、クランケ艦長は任務に忠実で実直な人物と聞いている。粘っても駄目そうだ。

（ところでだ）

　ワードは望遠レンズをとおして敵三番艦を凝視

した。

　敵一番艦はキングジョージV世級で、四番艦が『ヤマト』であることはわかったが、二番艦と三番艦については不明だった。

（キングジョージV世級の生きのこりでもいたのか？）

　そう思うも、発砲炎で垣間見えた艦容は違うような気がする。

　キングジョージV世級戦艦は、前部主砲塔から司令塔へと続く艦上構造物が箱型で大きかったはずだが、そうは見えない。

　日本の戦艦とも違うような気がする。

「射撃準備完了」

「フォイア！」

　発砲を命じた直後に、敵三番艦のものと思われる弾着がやってきた。

　首をひねりつつ、射撃を続ける。

　前後部四基の連装主砲塔が発砲炎を閃かせ、重量一トンあまりの徹甲弾を叩きだす。

『デアフリンガー』の三八センチ砲に比べて、四〇・六センチ砲の反動は格段に大きいはずだが、基準排水量五万五四五三トンの艦体はそれをまったく感じさせない。

　これが巡洋戦艦と戦艦の差なのかもしれない。

「そうか」

　それから二射ほどかわしたところで、ワードは敵三番艦の正体を悟った。

「そうか、そうだったのか。この死にぞこないが」

　弾着の水柱はキングジョージV世級のものより大きく、『ヤマト』より小さい。そして、主砲塔は三基、艦橋構造物はフランスにあるノートルダム寺院を思わせる尖塔のような形状である。

　それらを合わせて導きだされる艦となると……。

「たしかノースカロライナ級といったか」

ワードは記憶の奥からたぐった。

アメリカ海軍がワシントン海軍軍縮条約明けに建造していたとされる戦艦である。

独米開戦時にはまだ戦力化されておらず、大西洋をめぐる攻防でも姿を見せることはなかった。

とっくに爆破処分されたか、未完成状態のまま放置されて朽ちたかと思っていた艦が、突如として現れた。

恐らく、本土陥落直前に慌てて脱出して、オーストラリアあたりで残工事や整備を進めていたのだろう。

「ガイスト(幽霊)か、おもしろい」

ノースカロライナ級戦艦の主砲口径は一六インチ――四〇・六センチで、それだけを見れば『ウルリヒ・フォン・フッテン』と同格の戦艦だったが、ワードには危機感などさらさらなかった。

むしろ、腕試しにはちょうどいい相手くらいに考えていたのである。

「せいぜい勲章の材料にでもさせてもらおうか。貴様も千年帝国樹立の礎《いしずえ》となって沈むがいい。悪いが、俺の相手は貴様ではない。さっさと退場してもらうぞ」

ワードの目は、あくまでも『ヤマト』に向いていた。ノースカロライナ級戦艦を沈めて、今度こそ『ヤマト』と雌雄を決する。

ワードの頭のなかにあるのは、それだけだった。

戦艦どうしの砲戦距離は徐々に縮まっていた。

速力は若干ドイツ側が優勢で、それだけドイツ側が距離を主導できる立場にある。

はじめは遠距離から慎重に戦おうとしていたドイツ戦艦群だったが、なかなか命中弾を得られないことに業を煮やして、距離を詰めにかかってきた。

やはり、まだレーダーによる測的は精度不十分ということだろう。

「こちらも同じだがな」

戦艦『大和』砲術長大川秀一郎中佐は砲戦を指揮しつつも、感情に流されず、冷静に状況を分析していた。

速力差は隔絶したものではないため、針路を塞がれたり、背後をとられたりする心配はまずない。

ここは初めてと言っていい敵との同航戦――相撲で言うがっぷり四つの戦いだった。

現在、彼我の距離は二万メートルを切っている。夜間の砲戦としてはまだ遠いのかもしれないが、『大和』の主砲威力からすれば、もはや近距離と言っていい。

『大和』もまた、ここまで命中弾は得られていなかったものの、一発当たれば流れが変わると、秀一郎は考えていた。


「弾着、今！」

視線の先で白い水柱が突きあがる。

「遠」

一本めは目標の背後にあがる。白濁した巨峰の根元は、目標の艦影に遮られている。

そして、二本めと三本めがほぼ同時にあがる。

弾着観測は砲術長にとって、もっとも重要な仕事のひとつである。その結果に基づいて、次の射撃の照準修正が決まる。

砲術長の観測と判断が、砲撃の成否を決めるといっても過言ではない。

神経を高ぶらせて汗をしたたらせながら実行したり、脈拍を高めて目を血走らせて実行したりする者も少なくなかったが、秀一郎は焦らず気負わず、あくまで普段どおりにこなしていた。

それが秀一郎の長所であって、実力を出しきる間違いのない方法だった。

「む」

目標の直後に高々と水柱が立ちのぼった。距離はきわめて近い。一部は艦尾をこすったようにすら見える至近距離だった。

惜しい。あと数メートル、いや五〇センチでも前にずれていたら、目標の艦尾を直撃していたかもしれない。

艦尾は水上艦のアキレス腱である。そこを叩かれれば、推進軸や舵が吹きとび、目標は一瞬にして海底への切符をつかませられたことだろう。

しかし、嘆くことはない。

秀一郎の漆黒の瞳には、目標の手前に同時に吹きあがった水柱がはっきりと映っていた。

夾叉《きょうさ》、つまり照準値が正しく定まったことを意味する。あとは弾数を増やせば、おのずと命中弾は得られることになる。

「俯仰角、旋回角、そのまま。次より全門斉射」

秀一郎は命じた。

『大和』は直径四六センチ、全長二メートル、重量一・五トンの巨弾を扱うために、どうしても発砲の間隔は長くなる。

その短所を補う意味でも、敵に先んじて本射に入れたのは朗報だった。

「一番よし」

「二番よし」

装填のために一度下げられた砲身が一門、また一門と所定の角度に戻っていく。

長さ二〇メートルを超える砲列は圧巻である。

「射撃準備よし！」

「撃《て》え」

九門の砲口すべてから鮮烈な光がほとばしり、吐きだされた炎は左舷一帯を覆いつくす。

爆風は海面に真っ白なさざ波を立たせ、強烈な砲声は敵弾の飛来音をもかき消していく。

「次発装填」

『大和』の特徴的な艦容をなす三本のメインマストや反りあがった艦首は発砲の光が収束するのと同時に、闇のなかに溶け込んでいくが、砲塔内では休む間もなく次の作業が進められている。

圧搾《あっさく》空気が砲身内に残った装薬の残渣《ざんさ》を吹きとばし、一番砲手が砲身の尾栓を開く。二番砲手は弾庫からあがってきた砲弾を、半自動装填装置を使ってぴたりと砲尾に寄せていく。

秀一郎ら射撃指揮所にいる面々に休息はない。光学機器で目標を絶え間なく追いつづける。

砲身と砲塔はこれと連動して動いており、追尾の遅れは射撃のずれを招いてしまうのである。

「第二斉射、撃《て》っ」

二度めの本射を放った直後に、一射めの弾着となった。

一本め。これは外れだ。巨弾はむなしく暗い海面を抉ったにすぎない。

しかし、その直後、そしてしばらく置いてもう一回、命中のそれとわかる閃光がはっきりと認められた。

一回めの閃光はさほど目立った反響はうかがえなかったものの、二回めの閃光はすぐに紅蓮《ぐれん》の炎がとって変わった。

大蛇の舌のように這いだした炎は、艦の航走に伴う合成風に煽られて、後ろへ後ろへと拡がっていく。

炎の赤い光は、司令塔からドイツ戦艦特有の層状艦橋構造物、そして前面に取りつけられた大型の探照灯を闇のなかから引きずりだす。

だが、そこまでだ。

位置からすれば第二主砲塔——敵でいうB（ブルーノ）砲塔を潰したことは明らかだったが、その後に続く派手な火球や天に昇る火柱はない。

誘爆の広がりには至らなかったようだ。

ドイツの戦艦は、とても堅牢に造られていると聞いている。艦体の大きさに比べて主砲口径はむしろ控えめにして、浮いた重量を防御装甲にあてるよう設計されているとさえ伝えられている。

それだけ防御に気を配っているならば、内部構造も相当に工夫されているだろう。

それらが被弾の影響を断ちきり、あるいは吸収して弾火薬庫や給弾、給薬ラインへの火のまわりを防いだに違いない。

だが、悲観視することはなにもない。

自分たちは撃ち勝っている。

一撃で沈められなかったにしても、こうしたことを続けていれば、いずれ目標は力尽きる。

たとえ沈められなかったにしても、無力化できれば自分たちの勝ちだ。

そんな秀一郎の思いをのせて、『大和』が第三射を放つ。黄白色の閃光が闇を切り裂き、轟然とした砲声が夜の東太平洋を揺るがす。

それと前後して、二射めが弾着する。

命中の痕跡はひとつだけだったが、目標の中央付近に盛んに火花が散るのが見えた。

炎の光を背景に無数の破片がばら撒かれていく。

高角砲や副砲をまとめて粉砕したようだ。

ここにきて、ようやく敵の射撃も定まってきた。

右下から弱い光が差し込み、鈍い異音が射撃指揮所へも伝わった。

だが、それだけだ。衝撃らしい衝撃が伝わってくることはなく、炎の広がりもない。

恐らく、敵弾は『大和』がまとう装甲のなかでも、もっとも厚い主砲塔前盾あるいは舷側の主甲帯に当たって、あえなく弾きかえされたのだろう。

(それでいい)

秀一郎はうなずいた。

相手は敵の最大最強の戦艦なのだろうが、搭載している主砲は四〇センチクラスのものと判明している。

『大和』はそうした戦艦を凌駕するべく造られた戦艦である。これまでのように圧倒的な数的劣勢下で苦しい戦いを強いられていたときとは違って、一対一のまともな砲戦で引きさがることはできない。

「撃え」

秀一郎は命じつづけた。

発砲のたびに、艦中央にそびえ立つ前檣楼が闇を押しのけて現れる。

幾重に積みかさねられたものではなく、凹凸が少なく機能的に一体化してまとめられたそれは、日本の再生と復興を信ずる象徴のようだった。

戦艦『ビスマルク』艦長エルンスト・リンデマン大佐の表情は、険しさを増していた。

それは自艦と敵ノースカロライナ級戦艦——後に一番艦『ノースカロライナ』と判明——の戦況を反映したものではなかった。

むしろ『ビスマルク』はリンデマンの教育と鍛練に裏打ちされた高い射撃精度をもって、押しぎみに砲戦を進めていた。

『ビスマルク』の主砲八門は健在で、機関にも損傷はなし。発生した火災も鎮火している。

これに対して、『ノースカロライナ』は主砲二門が失われ、浸水による傾斜も見られる状況だった。

リンデマンの懸念は艦隊旗艦の劣勢だった。

(『フリードリヒ・デア・グロッセ』……)

敵戦艦『ヤマト』と撃ちあっている『フリードリヒ・デア・グロッセ』は、明らかに撃ち負けていた。

火災の炎は艦の中央と艦尾の二箇所からあがり、勢いも増している。速力こそ衰えていないようだが、主砲塔もいくつか破壊されているらしく、反撃の炎は弱々しい。

それにひきかえ、敵戦艦『ヤマト』に衰弱した様子はほとんど見られず、猛然と砲火を放っている。

今また、爆発の火球が『フリードリヒ・デア・グロッセ』の艦上に弾けた。今度は大きい。

「…………」

リンデマンは無言で小さくうなずいた。逡巡はなかった。リンデマンは意志の強い男だった。

「目標変更だ」

リンデマンは上層のDCTで指揮を執る砲術長アダルベルト・シュナイダー中佐に告げた。

「砲撃目標を敵四番艦に変更せよ」

「……敵四番艦に砲撃目標を変更します」

数秒間の沈黙を経て、シュナイダーは復唱した。砲術長の本音を言えば、ここは敵二番艦とこのまま撃ちあいたい。砲戦は優位に進んでおり、このままいけば敵二番艦を撃沈できる公算が高い。

しかし、ここで砲撃をやめれば、敵二番艦は息を吹きかえす。敵二番艦の火力は、まだ生きているのだ。

艦長の目的が、艦隊旗艦の『フリードリヒ・デア・グロッセ』支援であることは聞くまでもない。敵四番艦との砲戦で追いつめられている『フリードリヒ・デア・グロッセ』に加勢して、二対一の数的優位で敵四番艦を撃退しようという狙いである。

だが、その場合『ビスマルク』はどうなる。自由になった敵二番艦の砲撃をそのまま浴びてしまったら、窮地に陥るのは、今度は『ビスマルク』ということになるのではないか。

当惑と疑問、忠誠と責任、それらシュナイダーの感情が沈黙の数秒間に凝縮されていた。

さらに、リンデマンの指示は細かく、常識を逸脱したものだった。

目眩《めまい》すら覚えそうだったが命令は絶対である。それに、自分たちはここまで艦長を信じてやってきた。それで後悔や失敗をしたことはない。

シュナイダーは大きく首を左右に振って、疑念と不安を振りはらった。

「砲撃目標を敵四番艦に変更する。弾種も変更だ。徹甲弾おろせ。榴弾装填！」

そう、リンデマンはついに秘策の実行に出たのだった。自艦のことは顧みず、旗艦の救援を優先する。自己犠牲のうえでも目的が達せられなければ意味がない。

強大な敵四番艦に対抗するには、どうするか。

ここでリンデマンは奇策に出た。敵四番艦に真っ向勝負を挑むのではなく、補助装備を破壊しての無力化を狙おうというのだった。

榴弾の弾片によって、砲撃に不可欠なラダールや測距儀を損傷させる。姑息な手段と蔑《さげす》まれようがかまわない。自分の名前に傷がついてもかまわない。

リンデマンは名誉を捨ててでも実利をとろうとする、心の強さを持った男だった。

異色の砲撃に、戦艦『大和』艦上の自由日本艦隊司令部は騒然としていた。

「なんだ、これは」

参謀長小暮軍治少将が目を白黒させれば、司令長官小澤治三郎中将も怪訝《けげん》そうに頬を引きつらせる。

飛来音の違いと弾数によって、敵一番艦以外の砲撃であることは明らかだったが、その砲撃が特異すぎた。

「敵弾、来る！」

甲高い独特の風切り音が極大に達するや否や、毒々しい赤色の光が視野を四方八方に切り裂く。

ただ、戦艦の砲撃につきものの強烈な命中の衝撃や、外れ弾が突きあげる高々とした水柱はない。あるのは無数に飛びちる弾片だけだ。

「榴弾です。榴弾による砲撃です」

信じられないといった様子の作戦参謀白浜政七中佐だったが、誰も答える者はいない。

小暮も低くうなるだけだ。

「まさか」

常識では考えられない攻撃だったが、小澤はふと思いだした。そう、自分たちにも似たような戦訓があったはずだ。

小澤は戦艦『大和』艦長松田千秋大佐に向けて、振りかえった。

「艦長、砲術長を呼びだせ。敵の目的と見込みを確かめたい」

戦艦『大和』砲術長大川秀一郎中佐にとっては、見覚えのある戦術だった。

重巡『愛宕』砲術長時代に自身も決行した異端の戦術。格上の敵に対抗するための、恥も外聞もかなぐり捨てた外道、下劣な戦術――初めから目標の撃沈を目的とせず、測距儀やレーダーを破壊して砲撃機能を麻痺させようという戦術である。

秀一郎も日本海南部海戦で実行したことがある。しかしそれは、もともと秀一郎が発案したものではない。

「リンデマン中佐なのか……リンデマン中佐、リンデマン中佐なのでしょう⁉」

秀一郎の声は次第に大きくなった。

こんな戦術は誰しもが採るものではない。ごく限られた者――そう、五年三カ月前のあの日、自分に原案を明かしてくれたエルンスト・リンデマン中佐（当時）と考えるのが自然である。

現在は大佐の階級を得て、艦長として指示していると考えればつじつまが合う。

「今の砲撃は？」

「はっ。敵三番艦によるものと思われます」

「三番艦？　ビスマルク級戦艦か」

秀一郎は一瞥した。
一、二番艦と見分けのつきにくい艦容ながら、やや小さめの戦艦が、盛んに発砲炎を閃かせている。
しかし、あの艦も、これまで撃ちあっていた艦がいたはずだ。戦艦の隻数は同数で、味方の戦艦にまだ沈んだ艦はいない。

となれば……。

案の定、敵三番艦の周囲に巨峰が林立する。

あの艦が『大和』に向けて発砲しているということは、それまで撃ちあっていたはずの、こちらの二番艦――『ノースカロライナ』には一方的に撃たれるままになるということである。

（やめてくれ、リンデマン中佐。そんなことをしても、あなた方の旗艦はもう）

秀一郎は心のなかで語りかけた。

自分を犠牲にしても主君を守ろうとする精神性を理解できなくはない。

しかし、だからこその思いだった。

戦術が有効かどうかということではない。リンデマン中佐とビスマルク級戦艦が身を挺して守ろうという敵の一番艦は、すでに虫の息だったのである。

（あと一斉射か二斉射をすれば、あの艦は沈む。もう無意味なのですよ）

再び『ビスマルク』の射弾が降りそそぐ。

炸裂の閃光に続いて、四方八方に火花が飛びちり、『大和』の艦上構造物にまとわりつく。

「電探損傷。電測値、消失しました」

向こうの狙いは当たったが充分ではない。

『大和』の主射撃指揮所に併設されている測距儀も方位盤も生きている。

『大和』は次の斉射を放った。

重量一・五トンの巨弾九発が、夜の海上をひとまたぎして敵一番艦に殺到する。

艦上を席巻している炎がさらに大きく煽られ、堆積している残骸を空中高く放りなげる。

すでに折れて倒れていたメインマストは、さらに分割されて海上にさらわれ、直撃を受けた主錨はいったん艦にめり込んだ挙句に、轟音を残して海中に沈んでいく。

そして秀一郎の見立てどおり、次の一撃が敵一番艦の息の根を止めた。

複数の火球が膨張して弾け、大量の水蒸気が敵一番艦の姿を隠していく。艦上を暴れまわる炎が海面に接した証拠だった。

「敵一番艦、沈黙。沈みます」

敵の艦隊旗艦とおぼしき艦を沈めた。西太平洋海戦以来、苦しめられつづけてきた敵の大型戦艦をついに撃沈した。

大きな戦果だったが秀一郎に笑顔はなかった。

(リンデマン中佐、もう……!)

驚いたことに、ビスマルク級戦艦に変化はなかった。目標を『大和』に据えたまま、砲火を閃かせつづけている。それどころか、回頭して距離を詰めてくる様子だ。

横長だった艦影が徐々に狭まり、艦首に見える白波がぼんやりとだが、左右に分かれているように見えてくる。

(なぜだ。リンデマン中佐、なぜそこまで)

主君の仇討ちとでも言いたいのだろうか。しかも『ノースカロライナ』の砲撃を浴びる状態は変わっていないのである。

勢いはさほどでもないが、艦上には火災の炎があがっている。けっして無傷ではない。

「艦長より砲術。砲撃目標、敵三番艦」

「宜候《ようそろ》」

艦長松田千秋大佐の命令は当然だった。

敵一番艦の脅威が去った今、次の脅威はあの艦ということになる。

（やむをえんか。やむをえん……）

秀一郎は割りきれない思いだった。

「目標を敵三番艦に変更。測的急げ」

命じても、どこか上の空だった。

科員は黙々と任務に励む。『ビスマルク』との距離と方位を計測し、それがアナログ式計算器といえる艦内部の射撃盤に送られる。風速、風向、自艦の速度などと合わせて算出された俯仰角と旋回角が各砲塔に伝達され、砲塔と砲身が微動する。

砲塔は後ろ向きに旋回し、やや距離が開くために砲身は上向く。

「敵弾、来る！」

赤い光に再び視野が縦横に引き裂かれたと思ったところで、事態は急変した。

後年で言うブラック・アウト――射撃指揮所の視界が唐突に閉ざされたのだった。

「砲術長、主測距儀損傷！」

「方位盤、旋回不能」

さらに不運は連続する。

「後部射撃指揮所より報告。『損傷大、測的不能』」

「なんたることだ」

秀一郎にしては珍しく、感情がぽつりと口を衝いて出た。

偶然にしてはあまりに不運だった。主射撃指揮所と予備射撃指揮所の両方が同時に被弾、損傷した。

『大和』は近代砲戦の要《かなめ》と言える方位盤射撃の手段を一挙に失ったのである。

『ビスマルク』は、なおも主砲砲口を閃かせる。その光は「どうした。そんなものか」「立て。向かってこい」とでも言っているようだった。

「どうしても、どうしても戦うと言うのですね」

秀一郎は顔を跳ねあげ、かっと両目を見開いた。鼻筋がとおった顔が引き締まり、漆黒の瞳が爛々とした光を宿す。よどんだ胸中を洗いながし、わだかまりを一掃した瞬間だった。

「個別照準に切り替え。砲塔ごとに自由射撃」

秀一郎は命じた。

こうなると、射撃指揮所でできることはなにもない。照準は各砲塔備えつけの測距儀で行い、各砲塔長を信じて委ねるしかない。

「むっ」

被弾の閃光が弾け、これまでとは異質の衝撃が足下から伝わった。

『ビスマルク』が徹甲弾射撃に切り替えたのである。

「前準備は終わり。いよいよ本番に入ったということですか。ただ、むざむざ負けはしませんよ。本艦はそんなに簡単な相手ではないのですから」

事実、『大和』に被害はなかった。『大和』の装甲は他国の戦艦と比べても別格である。最厚部は主砲塔前盾で六五〇ミリ、司令塔も五〇〇ミリ厚の装甲で覆われている。

自艦と同じ直径四六センチの直撃弾に耐えるよう備えられた装甲を、三八センチ弾で撃ちぬくには、かなりの至近距離まで近づく必要があるだろう。

（そんなことを、やすやすと許す本艦ではありませんよ）

『大和』が砲撃を再開する。第一から第三までの主砲塔が、ばらばらながらも爆煙を吐きだし、砲声を轟かせる。

第一主砲塔の発砲炎によって最上甲板の昇り勾配——通称「大和坂」が橙色に浮かびあがり、第三主砲塔が発砲することで、今度は後傾斜した煙突や周囲の探照灯らがあらわになる。

やや遅れて第二主砲塔から炎の幕が拡がると、丈高い筒状の艦橋構造物が残像のように現れる。

発砲のタイミングがずれているので、当然、弾着もばらばらになる。

これまでは九発の徹甲弾が一度に目標に殺到したが、これからは三発ずつの徹甲弾が散発的に到達する。

しかし、本質的な問題は別のところにあった。

弾着の数が少なく頼りないのはまだしも、弾着がぶれ始めたのは痛手だった。

（やはり照準は悪化したか）

失望して落胆しがちな状況だったが、秀一郎は表情を変えることなく、状況を観察しつづけた。

指揮官がじたばたしては科員の士気が下がる。予想できていたことだと、秀一郎は努めて平静を装った。

海面から四〇メートルほどの高さにある主射撃指揮所に比べて砲塔の位置は低く、視界はそれだけ狭まる。また機構上、艦の動揺も受けやすく、比例して測的の精度が甘くなる。

それにひきかえ、『ビスマルク』の射撃は正確だ。

およそ三〇秒おきに前部四門の主砲が閃き、そのうち一発か二発が命中弾となって、『大和』を傷めつける。

こうなると『大和』も、ただではすまない。

舷側の主甲帯や主砲塔ら主要な防御装甲に当たった敵弾は跳ねかえすものの、高角砲塔や機銃座、後檣、航空兵装らはそうはいかない。

　重量八〇〇キログラムの徹甲弾が飛び込むや否や、金属的な叫喚をあげて残骸の堆積場へと変わっていく。

　艦首と艦尾の非装甲区画も同様だ。

『大和』は艦の肥大化を避けるため、集中防御方式という建艦思想で造られている。

　主砲弾火薬庫や機関などの主要部をできるだけ集中した区画にまとめ――これをバイタル・パートと呼ぶ――そこに重点的に装甲を割りあてて、ほかの部分は水密区画の細分化や注排水装置による傾斜復元などで、艦の生存性を保とうと設計されている。

　その非装甲区画が、『ビスマルク』の命中弾によって破壊されていく。

　前部居住区に飛び込んだ一発は火災を生じさせて、炎と煙を艦内に広げていく。煙のまわりは早く、逃げおくれた兵が激しく咳き込んだ挙句に倒れて動かなくなる。

　艦尾の最上甲板に命中した一発は、そのまま内部に食い込んで、格納されていた内火艇を木っ端微塵に爆砕する。

　巻き添えを食った艦尾機銃座の兵は絶叫をあげる間もなく、赤い光のなかに取り込まれて消える。

　一発一発は致命傷ではない。それだけをとってみれば、まだまだ許容範囲内の被害とも言える。しかし、それらが休む暇もなく続き、堆積するとなれば話は別だ。

『大和』は着実に浮力と航行の自由を奪われている。

「まずいな」

　秀一郎は逡巡した。

　一度、徹甲弾の射撃を打ちきって三式弾を使うべきか。そうすることで、自分たちも敵の射撃精度の低下を優先して狙うこととなる。

しかし、それも即効性があるわけではない。ぐずぐずしているうちに繰りかえし敵弾を浴びて、それこそ本末転倒となる危険性がある。

では、このまま徹甲弾での射撃を続けるのか？　それがうまくいっていないから、今があるのだろう。

秀一郎は自問自答を繰りかえしたが、容易に正解は見つからなかった。

艦長も迷っているのかもしれない。直接の指示はない。任せてもらっている以上は、自分の責任でこの苦境を脱しなければならない。

それが砲術長の役割と責任である。

『ビスマルク』は、なお砲声を轟かせる。変わらず前進を続けながら、前部連装二基四門の砲口にまばゆい発砲炎を閃かせる。

真っ赤な光のなかにクリッパー形の艦首は隠されるが、重厚な層状の艦橋構造物はくっきりと闇のなかから浮きでてくる。

それは「どうだ！」と言わんばかりに見える。

恐るべき敵だ。主砲口径を含む艦型からいけば、『大和』にとって明らかに格下のはずだが、むしろ押されているのは『大和』のほうだ。

しかも、向こうは『ノースカロライナ』の砲撃を別個に受けながらの砲撃である。

艦が堅固に造られていることだけでなく、乗組員の質もきわめて高いことは想像がつく。

無傷ということはありえず、消火活動や浸水防止などの措置が、迅速かつ的確に行われているのだろう。

リンデマン艦長の教育と指導がいきとどいていることをうかがわせるが、感心している場合ではない。有効な打開策をとらねば『大和』も危うい。

「あれは……」

そこで中間海面をしゃにむに突進していく艦影が目に入った。動きからして、明らかに『大和』を援護しようとしてのものである。

「あれは……『北上』！」

発砲の炎がもたらす光で艦型が識別できた。

極端に前寄りに置かれた艦橋構造物と間延びしたような艦体、中心線上に揃っていない主砲配置と直立した三本煙突……それら近代的とは言いがたい質素な艦容は、五五〇〇トン型軽巡に特有なものであり、この海域にいるそれは『北上』をおいてほかにない。

『北上』は第一水雷戦隊の旗艦として一二隻の駆逐艦を率いていたはずだが、周囲にそれらしき艦影は見られない。

すでに沈められたか、隊列を維持できなくなったかだろう。

(無茶だ。やめてくれ、園田先輩)

秀一郎は『北上』艦長園田泰正大佐に向けて、胸中で叫んだ。

園田は秀一郎にとって公私ともに恩人であり、兄のように慕ってきた。逆に見れば、園田にとって秀一郎は弟のような存在ということになる。

苦しむ秀一郎と『大和』を見て、園田が決死の行動をとろうとしたことは想像にかたくない。

しかし、それはあまりに無謀な選択と言わざるをえない。

『北上』は雷装は強力でも、主砲は一四センチ単装七基と貧弱で、とても敵の巡洋艦や駆逐艦の護衛網を突破できるとは思えなかった。

敵も『北上』の接近に気づいたのだろう。小ぶりだが、発砲炎らしき光が次々と明滅しはじめる。

すぐさま『北上』は林立する水柱に囲まれる。まるで敵が海水の檻《おり》に『北上』を閉じ込めようとしているかのようだった。

だが、『北上』は屈しない。

凌波性がいいとはいえない半円形の艦首が波浪に突っ込み、巨大な水塊が甲板にのしあげているだろうが、立ちどまることなく進みつづける。

基準排水量五一〇〇トンの艦体は笹舟のように荒波にもまれているのだろうが、なお進みつづける。

被弾の炎が揺らめき、秀一郎は息を呑んだ。『北上』が雷撃での一撃必殺、一発逆転を狙っていることは疑う余地もない。

日本艦艇が装備する酸素魚雷は、そう期待させるだけの威力を秘めており、いかに堅牢に造られた敵戦艦といえども、ひとたび被雷すれば痛打を免れない。

だがそれは、裏を返せばそれだけの途方もない危険物を『北上』が積んでいるということになる。

被弾によって誘爆を招けば、その強大な破壊力は自分自身に向かう。わずか五〇〇〇トンほどの軽巡など、一瞬にして消しとぶ。

『北上』は委細かまわず突きすすむ。

秀一郎が恐れる光景には至らず、次もその次の被弾も急所は外れていく。園田と『北上』の執念が、敵弾を寸前で払いのけているかのようだった。

しかし、損害なしとはいかない。艦上にはひとつふたつと火災の炎が揺らめきはじめ、時間が経過するにつれて勢いも増していく。

そして、ついにそれまでに倍する火球が膨張して、火柱が宙に昇った。大量の黒片がばら撒かれ、それが海面を叩いていく。

「やられた」と思ったが『北上』は沈まなかった。ますます大きくなる炎を背負い、いくぶん足取りが重くなっても『北上』は屈せずに進む。

被弾、誘爆したのはたしかだったが、それは魚雷発射管ではなく、一四センチ主砲のほうだったらしい。

とはいっても、『北上』の力が尽きようとしているのは明らかだった。

マストはとうの昔に折れ、三本あった煙突もひとつ残らず失われている。夜間だから見えないだけで、艦上は瓦礫が堆積する修羅場と化しているはずだ。

その状況でなお敵に向かおうという気迫は、称賛や驚きを超えて恐ろしくなるほどだった。

「もういい。もう充分です、先輩」

秀一郎は両目を潤ませてつぶやいた。

もはや生還は難しいかもしれないが、このままなぶり殺しのように沈められるよりは、反転して一縷《いちる》の望みに賭けてほしかった。

もっとも、秀一郎の声が聞こえたとしても、園田が踵《きびす》を返すことはけっしてなかっただろう。

『大和』が『ビスマルク』を沈めるまでは、自身と『北上』の命運が尽きようとも、その最期の瞬間まで『大和』の掩護を全うする。

その固い意思がひしひしと感じられた。

『北上』艦長園田泰正大佐は、不退転の決意をもって突撃を命じていた。

（大川兄弟の長兄を、ここで死なせるわけにはいかんのでな）

園田は『大和』の掩護とともに、それ以上に『大和』の砲術長である大川秀一郎中佐の掩護にまわろうとしていた。

（貴様には、西太平洋海戦でも日本海南部海戦でも、常に助けられてきた。我々の戦果はいつでも貴様のお膳立てがあってのことだった。今こそ、それに報いねば、男がすたるというものよ）

深く傷つきながらも、『北上』は出しうる最大速度で、なおも波濤をのりこえていた。

「申し訳ありません、司令官。自分のわがままを無理に承認いただき」

園田は上官である第一水雷戦隊司令官杉本丑衛少将に深々と頭を下げた。

一水戦は隊そのものと同様、司令部も壊滅状態だった。参謀のほとんどは戦死し、杉本自身も身体の何箇所か骨折し、出血で顔も包帯でぐるぐる巻きの状態だった。

それでも意識のあるうちはと、園田とともに旗艦『北上』の艦上で指揮を執りつづけていたのである。これも杉本の意地だったのかもしれない。

もう生きて帰ることもないだろうと、杉本は覚悟を決めていた。それゆえ杉本の顔には、開きなおった笑顔があった。

「なあに、一水戦のこれまでの戦果は、貴官と『北上』あってのものだ。自分はなにもしとらん。感謝すらしとるよ。自分の役割は貴官が存分にやれるように環境を整えてやることだと思ってきた」

「感謝の極み」

園田は再び深々と頭を下げた。

「『大和』を、ここで沈めるわけにはいかん。あれは我が軍の最後の希望であって、象徴なのでな」

「はっ」

「『大和』の役に立てるならば、我が隊、我が命など惜しくはないわい」

「司令官……」

杉本を見る園田の目頭が熱くなった。

「さあ艦長、最後の最後まで戦おうか。一水戦の最期を飾るにふさわしい戦果を残さねば、先に逝った者たちに顔向けできんからな」

再び被弾の衝撃に艦が揺らぐ。今度は大きい。視野が激しくぶれ、艦が傾く。

『北上』の命運が尽きようとしているのは明らかだった。

（もう少し。もう少しだけでいい。もってくれ）

そのとき熱風が頬を叩き、炎が視野いっぱいに入り込んだ。すでに割れていたガラス片が、さらに細かく砕けて身体に突きささり、轟音が耳を聾《ろう》する。

「ぐっ」

生温かいものが口内に逆流した。

不思議と室温が下がったように感じ、潮のにおいが増したような気がした。強風が吹き込む。

それもそのはず、『北上』の艦橋は左半分ほどが吹きとんでいた。

つい先刻まで言葉を交わしていた杉本司令官の姿はなかった。園田も急激な血圧の低下で、意識がなくなってくる。

（まだ、まだ……）

奇跡的に残っている伝声管に這うようにしてしがみつく。

「総員……総員、退艦……せ、よ」

園田は最後の力を振りしぼって命じた。

そこで、園田は血だまりの床の上に仰向けに倒れ込んだ。天井が崩落し、側壁や床が瓦解していく。それらはすでに園田の意識には入らなかった。

敵弾は容赦なく『北上』を襲った。爆炎が二度、三度と連続して吹きのびたところで、ついに『北上』は洋上に停止した。

魚雷が誘爆しての大爆発こそなかったが、炎は艦首から艦尾まで、艦全体を覆って暴れまわっている。

艦体は傾いているように見えるが、なかの様子はうかがえない。あれでは脱出もままならないだろう。

戦艦『大和』砲術長大川秀一郎中佐にとっては絶望的な光景だった。

「先輩、なぜそこまで」

結局、『北上』は敵戦艦への雷撃もかなわずに廃艦と化した。これでは犬死にだ。

（なんのために。いったい、なんのために）

やるせなさに気持ちが引き裂かれそうだった。ところかまわず、絶叫したい思いだった。

「砲術長……砲術長」

自分を呼ぶ部下の声が聞こえた。

「どうした」

うつろな眼差しで秀一郎は応じた。気持ちはそのままに、耳だけを向ける。

「目標に動きがあります。回頭の模様」

「……なに！」

数秒の間を置いて、秀一郎は顔を跳ねあげ、両目を見開いた。ひったくるようにして双眼鏡を手にする。

（あれは）

たしかにそのとおりだった。

『ビスマルク』は転舵していた。

目をしばたたき、深呼吸を二度繰りかえした。

（そうか、そうだったのか）

考えられることは、ただひとつ。

魚雷の回避だ。

『北上』は雷撃できなかったわけではない。とっくに雷撃をすませていたのだ。

考えてみれば、沈む寸前にあれだけ炎に包まれながら爆沈しなかったのも、そのためと考えれば納得もいく。

『北上』は、詳しくは艦長園田泰正大佐は、魚雷発射を悟られないため、魚雷到達を助けるため、あえて雷撃を狙うふりをして、目標に接近しつづけていたのである。

敵は乱れている。先輩がつくってくれたチャンスを、無駄にするわけにはいかない。

(リンデマン中佐、あなたとは戦いたくなかった)

「艦長!」

秀一郎は迷わず具申した。

ここで決めねば男ではない。

『大和』は太く長い砲身を大きく旋回させた。

構えて、撃つ!

この海戦に終止符を打つべく紅蓮の炎が闇を焼き、凄烈な爆風がその場のすべてをなぎ払った。

戦艦『ビスマルク』は沈みかけていた。

「認めよう。私は負けた」

艦長エルンスト・リンデマン大佐は、一人退艦を拒んで司令塔に残っていた。

(「惜しかった」では、なんにもならん。負けは負けだ)

『ビスマルク』はリンデマンの秘策——榴弾射撃による測距儀やレーダーの破壊から、距離を詰めての射撃で『ヤマト』を追いつめた。

旗艦『フリードリヒ・デア・グロッセ』を救うことはできなかったものの、『ヤマト』に目に見える損害を与えて、撃沈できるのではないかと思えるまで優勢に戦った。

しかし、敵軽巡の決死の行動で生まれた隙を衝かれ、『ヤマト』に逆転を許したのである。

砲撃の目を奪われた『ヤマト』は、全速で接近しての直射で『ビスマルク』の息の根を止めた。

やはり、あの一発あたりの破壊力のすさまじさには脱帽だった。

今にしてみれば、自分から距離を詰めにいったのが敗因のひとつになったと言わざるをえない。

敵の目を潰しながら、距離をとったまま慌てずに戦えば、また違う結果になったかもしれない。

敵軽巡に雷撃を許すこともなく、『ヤマト』に有効な射撃の機会を与えることもなかったかもしれない。

しかし、それはすべて仮定の話にすぎない。あるのは、目の前にある敗北と艦の喪失という現実である。

リンデマンはそれを、はっきりと受けとめた。すべては自分の責任であると。

（あのときの、坊やなのだろうな）

リンデマンは相手が秀一郎であると、直感的に感じていた。

日本海では重巡で、そして今回は大型戦艦で、ともに自分の行く手を阻んだ。

「見事だ！」

あの迷いのない澄んだ目の持ち主であれば、これくらいのことをしてもおかしくはない。

負けはしたが充実した戦いだったと、リンデマンに悔いはなかった。

「『ビスマルク』よ、お前も本当にここまでよくやってくれた」

リンデマンは愛する艦に語りかけた。リンデマンにとっては戦友とでも言える間柄になっていた。

「デンマーク海峡で『フッド』を沈めて以来、この太平洋にまで来て、幾多の敵に勝利してきた。私は艦長として本当に誇りに思う。今のこの結果は、貴艦の力不足によるものではない。すべてこの私の不徳によるものだ」

いつ沈んでもおかしくない状態だったが、『ビスマルク』はリンデマンとの最期のときを惜しむかのように浮いていた。

これまでを回想するリンデマンのために、最後の最後という力を振りしぼっているかのようでさえあった。

「ありがとう。私も逝くよ」

その言葉を待っていたかのように『ビスマルク』は、そこで傾斜を強めた。

鈍い音とともに、ここまで耐えていた水密隔壁が次々と破れ、水線下に穿《うが》たれた破孔から海水が際限なく流入する。

いったん動きだすと、勢いは止まらない。

錨鎖孔から錨甲板が海面下に消えたかと思うと、角度を深めながらA砲塔跡に海水が滝のように浸入していく。

瓦礫は押しながされ、大量の気泡と渦が生じていく。司令塔にも海水が浸入し、高まる水位がリンデマンの身体を越えていく。

（さらば……）

パナマ沖の海戦は、こうして幕を閉じた。

ドイツ太平洋艦隊を撃退して制海権を握った自由同盟艦隊はこの後、艦載機と艦砲を使ってパナマ運河を完全に破壊した。

狭隘の水路は断たれ、大西洋から太平洋へ出るには、南米大陸を大きく迂回するホーン岬経由の航路を採るしかなくなった。

当然、自由同盟軍は海空の全力を投じて、その海域の封鎖をはかることになる。

これはドイツ軍の太平洋方面への補給線が事実上、断たれたことを意味していた。

パナマをめぐる戦いは、戦略的にも戦術的にも自由同盟軍の勝利に終わった。

それは、これまでドイツ第三帝国の勢いに呑まれつづけてきた日米英仏自由四国同盟が得た、初の戦略的勝利であるばかりでなく、今後の世界大戦の趨勢《すうせい》を左右する重要な転換点ともなったのである。

第2章　本土奪還

一九四四年九月二二日　パールハーバー

　ハワイ・オアフ島のパールハーバーは、もぬけのからだった。

「夜逃げするようにいなくなったというのは、本当だったのでしょうね」

　自由アメリカ艦隊司令部参謀長フェリックス・スタンプ少将は港内を一望した。

　鉤十字の旗を翻したドイツ軍の艦艇は一隻も残っていない。戦艦、空母といった大型艦から巡洋艦、駆逐艦に至るまで完全、完璧にだ。

　ただ、もとは魚雷艇や掃海艇あたりだったと思われる半焼した鉄塊は、いくつか散見される。

　外洋に投棄することもままならなかったのだろう。爆破して燃えた残りが、パールハーバーの浅い海面から顔をのぞかせ、波に洗われつづけている。

　陸上でもその慌てぶりがうかがえる例が、ところどころに見られる。

　さすがに武器弾薬がそのまま残されているところはなかったが、倉庫そのものが全壊していたり、巨大なクレーターのなかに多種多様な残骸がばら撒かれていたりといった様子が見られる。

　すぐに持ちだせないものは、まとめて爆破してしまえといった荒っぽい手段で、敵の手に渡るのを阻止しようとしたのだろう。

日米英仏の統一呼称「パナマ沖海戦」での敗北とパナマ運河破壊という事態に直面した敵が、早々にハワイを放棄して撤退したという情報は真実だったのである。

敵にしてみれば食糧、燃料、弾薬があるうちに行動を起こさねばならない。

物資が途絶えてしまえば、戦う以前の問題となってしまう。降伏するだけならまだしも、艦艇や航空機をそっくりそのまま敵に渡すことは絶対に避けねばならないという判断だったと思われるが、たしかにそれは正しいと、スタンプも思う。

敵の最高指導者アドルフ・ヒトラーは、いったん手に入れた領土は寸土といえども手放さず、死守を厳命すると言われているが、敵の指揮官とすれば苦渋の選択だったのだろう。

「敵の守備隊は大丈夫だろうね」

「はっ。守備隊と申しましても、逃げおくれた残存部隊というべきもので、すでに武装解除して投降したと陸軍の確認がとれております」

司令官フランク・フレッチャー中将にスタンプは答えた。

「もう少し早く戻ってこられればよかったのでしょうが」

ハワイは歓迎ムード一色だった。

それこそ民間人が総出で出迎えていると思えるくらい、港の周辺は人で溢れかえっていた。

盛んに口笛を鳴らしたり、両腕を大きく振ったりしてその意を示す者や、投げキッスをする若い女性や花束を持った人も数知れない。

そうした「解放」と呼ぶにふさわしい光景が、フレッチャーが将旗を掲げる空母『ヨークタウン』からも見てとれた。

「待たせてしまったことは事実だが、やむをえんさ。自由フランス軍のような真似は許されんからな」

フレッチャーが指摘したのは、フィジー奪還における自由フランス軍の失態だった。

パナマ沖海戦から一週間も経たずして、自由フランス軍はフィジー奪回に動いた。

自由フランス軍としては久々の勝利に勢いを得たまま、自国領を奪還したいという思惑だったのだろうが、これが完全に裏目に出た。

あまりに性急な作戦に日米英が反対するなか、自由フランス軍は単独で行動しはじめたのだが、さすがにそれは拙速だった。

その時点で、フィジーにはまだドイツ軍の戦力がそれなりに残っており、自由フランス軍は思わぬ敵の反撃を受けた。

最終的にフィジー諸島を奪回することはできたものの、自由フランス軍は数百人の戦死傷者を出すとともに、巡洋艦一隻、駆逐艦二隻を沈められるという痛手を被ったのである。

その戦訓から、自由アメリカ軍は慎重に作戦を進めねばならなかった。

ドイツ軍のハワイ撤退という情報がありながらも、すぐには動かず、ここまで三週間もかかったのはそのためである。

「拙速で、出さなくてもいい損害を出すわけにはいかんのでな」

フレッチャーは繰りかえした。

「ハワイを解放できたのは喜ばしいことだが、我々にはより大きな目的がある」

「そうですね」

スタンプも、ほかの将兵も同じ思いだった。

自由アメリカ軍にとってハワイ解放は、ほんの序章にすぎない。ドイツ軍の占領を許しているアメリカ本土を自分たちの手に取りもどさない限り、安穏の日々は戻ってこないのである。

パナマ沖海戦では、自由アメリカ軍も戦艦『ワシントン』を筆頭として、少なくない戦力を失った。すでに本国をめぐるドイツ軍との戦いで、戦力の過半を喪失している自由アメリカ軍としては、これ以上戦力を削られては本国解放という夢が遠のいてしまう。

フレッチャーはこうしたことを念頭に、焦らず急がず行動すべく、部下にも自分にもブレーキをかけていたのだった。

一九四四年一一月二〇日　日本近海

空母『イラストリアス』を発艦した自由同盟軍独立混成飛行隊は、東京湾に向かっていた。

任務は威力偵察——敵情を探るのが目的だが、敵の攻撃に遭う可能性は高く、その場合は積極的に反撃に出るという指示である。

例によって例のごとくという危険な任務だ。

「またまたこんな任務を押しつけやがってと思ったが、案外今回は楽だったりしてな」

自由日本海軍から派遣されている大川栄二郎特務少尉は、いつになく上機嫌だった。

ドイツ第三帝国占領下にある日本本土への接近にあたって、『イラストリアス』と護衛艦艇からなる小艦隊は慎重に行動した。

台湾や沖縄に近い航路は敵も奇襲を仕掛けやすいと考え、南からまっすぐ北上する航路は避けた。

母港ブリスベーンからカロリン諸島のトラック環礁に入って補給と整備を行った後、あえていったん東へ迂回して、東南東から日本本土を目指した。

それでも、あらかたの予想は日本近海に達する前に、敵との接触は避けられないだろうというものだった。

太平洋各地の航路上にはUボートが潜伏しているだろうし、さらに日本近海にはUボートが魚雷の網を張って、待ちかまえているに違いない。また、五〇〇海里以内に踏み込んでからは、敵の長距離爆撃機による空襲も覚悟する必要があるだろう。

懸念材料はいくつもあったが、ここまでの航海は順調そのものだった。

「潜望鏡らしきもの見ゆ」と駆逐艦が急行することもなければ、「雷跡」と見張員が叫んで、艦が急速回頭を強いられることもない。

「敵機来襲」と戦闘機が緊急発進したり、高角砲の砲身が次々と振りあげられたりすることもなかった。

『イラストリアス』は狐につままれるようにして、東京湾口にまでたどりついたのである。

ハワイと違って日本本土は広い。たとえ水上艦隊が撤退したとしても、航空機や陸上部隊が丸ごといなくなるとは、とうてい考えられない。

敵軍は基本的に後退を禁じられているため、戦術的撤退も考えにくい。燃料や武器弾薬が続く限りは抵抗すると考えるべきだ。

そう聞かされていたのだが、この「無風」である。

「結局、敵はハワイと同じように、我先にとずらかったんじゃないのか」

栄二郎はあくびを噛みころした。

「連中の本国からしたら、ここは遠い。ハワイと比べても太平洋を、さらに横断しなきゃならねえ。ここに残ったままでは日干しになって終わっちまうと考えても、不思議ではないと思うけどな。どうよ喜三郎、お前もそう思うだろう」

「ああ、栄兄」

てっきり肯定してくれるかと思ったが、栄二郎の楽観論はその直後に吹きとんだ。

「敵だよ。二時方向、高度差一〇〇〇といったところかな」

「うへえ」

喜三郎の報告に、いかにも嫌そうに栄二郎は奇声を発した。

「ああ、いたのか。いてしまったのか」

露骨に顔をしかめる。

「敵戦闘機出現。各個撃破、敵を掃討せよ」

飛行隊長アラン・ハンター少佐の指示が、無線にのって飛んだ。

「仕方ねえ。仕方ねえなあ」

ここで栄二郎は気持ちを切り替えた。二重瞼の先で長いまつ毛がぴんと伸び、こげ茶色の瞳が輝く。

「始めるか、喜三郎」

「わかった」

これまでと変わらず、栄二郎は喜三郎と二機分隊を組んでいる。気心は知れ、あうんの呼吸で行動できるのは大きな利点だった。

単独でも一目置かれる二人が組めば、並みの敵ではとうてい対抗できないペアとなる。

栄二郎は操縦桿をいったん引きつけてから倒した。機体を上昇させつつ傾け、斜め上に駆けあがる。

今回の装備機は近海に接近できたことから、航続力優先の零式艦上戦闘機ではなく、速力と武装に優れるシー・ファイアが選択されている。

これは開戦時から生きのこっていた機体ではなく、新たにオーストラリアに構築されたラインからロールアウトされた機体らしいが、今のところ異常はない。

「粗製模造品ではなく、完全なコピー品だから心配するな」と工廠《こうしょう》長が豪語したらしいが、たしかに問題はない。

気になるような振動やきしみ音の類はなく、快調に回るＲＲマーリン45のエンジン音を轟かせる。

全長九・一二メートル、全幅一一・二五メートルの機体が高空に昇る。液冷エンジン搭載機特有の先細りの機首が天を指し、赤白青のラウンデルが陽光に輝く。

「日本人なのにイギリス軍の識別表示が付いた機に」という思いは、もうない。

独立混成飛行隊に来て、はや二年近くになる。「母艦のマーク」という認識が自然にできていた。

いつものように、なにも考えずに正面からぶつかることは避ける。一度敵をやり過ごしつつ、背後へまわろうと試みる。

もちろん、敵もそうそう簡単に背中を明けわたすはずがない。

それは重々承知のうえだった。

「あれだな」

栄二郎は僚機に向けて、降下による一撃を加えようとしている敵二機に狙いを定めた。

タイミングを見はからって機体を旋回させる。零戦ほどではないものの、シー・ファイアの運動性能も悪くない。前寄りに取りつけられた扇形の主翼がしっかりと大気をつかんで、機首を狙った方向に向けていく。

零戦より若干重い印象は受けるものの、そのぶん剛性はたしかで、ふらつく感じはない。

敵は双発――エンジン二基のメッサーシュミットＢｆ１１０だった。

左右の主翼についたエンジンとコクピットが必要以上に大きく見える。高翼式に設けられた双垂直尾翼には鉤十字が描かれている。

無理に真後ろにまわろうとまではしない。

真横から斜め後ろに占位しつつ、絞っていたスロットルを開く。

最大一四七〇馬力を発揮するＲＲマーリン45エ

ンジンが吼え、プロペラの回転で変換された推力が全備重量三二五〇キログラムの機体を引っぱる。

加速で増した風圧がはっきりと感じられ、身体がシートに押しつけられる。この加速感や絶対的な速力も、シー・ファイアが零戦に優るところである。

その特徴をよく把握したうえで、栄二郎は戦術を練っていた。

「よし。いけ！」

シー・ファイアは口径二〇ミリと七・七ミリの機銃を二種類携行している。

栄二郎は距離があることから、直進性を重視して七・七ミリを選択した。この二種類の武装は零戦も同じだが、零戦の二挺ずつに対してシー・ファイアは七・七ミリを四挺束ねている。

この濃密な火箭の鉄槌を、目標の進行方向に敷いてやる。


敵一番機はまともにそのレールに突っ込んだ。列車に飛び込んだ車よろしく、丸い機首の先端が斬首刑のように跳ねとび、風防ガラスが砕けちる。

左右の主翼前面で回るプロペラがねじ曲がり、敵一番機は白煙を曳《ひ》きながらよろめく。

大音響を伴って爆裂したり、きりもみで墜落したりと、派手な見た目ではないものの、機体の立てなおしが不可能なのは明らかだった。

二番機は距離的にやや余裕があったため、栄二郎が敷いた鉄と火薬のレールは回避したものの、そこは喜三郎が追撃をかける。速力が鈍ったところですかさず接近し、威力の大きい二〇ミリ弾を叩き込む。

喜三郎の銃撃は正確で無駄がなかった。

よくもまあ、敵二番機が避けていく方向にぴたりと合わせられるものだと呆れるくらいだったが、その感覚が天才的で、野性的勘の鋭さというものなのだろう。

わずか一連射で、敵二番機の右エンジンが爆砕した。

橙色の光が四方八方に伸び、ダイムラーベンツＤＢ６０１Ａエンジンが倍に膨れあがったかに見えた次の瞬間、轟音とともにエンジンが砕けちった。

エンジン部から外側の右主翼も同時に吹きとび、空力バランスが一挙に崩れた敵二番機は、たまらず右にロールしながら墜落していく。

手際といい見た目といい、敵味方を問わずうならせる喜三郎の撃墜劇だった。

撃墜確認もそこそこに、栄二郎は水平旋回に転じた。撃墜を喜ぶその一瞬の心の隙を、敵に衝かれないようにする。

また、敵に狙いをつけさせないように「水平飛行は数秒と続けるな」は、戦闘機パイロットに共通の心得である。

喜三郎は栄二郎をサポートしやすい斜め後ろのポジションに素早く戻りつつ、平行する針路をたどる。それでいて、全周に警戒の目を光らせる。

背中を軽い銃撃音が叩き、視界の片隅を赤い火箭がよぎる。背後から襲撃してきた敵機を、喜三郎が追いはらったのである。

シー・ファイアはコクピットの後部が胴体と一体化したファストバック式の形状を採用しており、防弾という意味では有利だが、後方視界が悪い。

そこに喜三郎のような敏腕の二番機がいることは、心強かった。

敵の数は少なくない。

ひと息吐かないうちに、次の敵機が向かってくる。横合いから二機。今度もＢｆ１１０らしい。

丸い機首と左右の主翼に付いた二基のエンジンが見える。

「よっと」

軽くいなして機首を向ける。

敵が放った銃弾は、見当外れの空域をむなしく貫いていくだけだ。それに曳かれるように通過していく敵を追う。

あまりの反応の早さに驚いたのか、一瞬、敵パイロットの動きが止まった。

敵は二手に分かれた。

「喜三郎、左を頼む」

普通は二機で一機を追い、数の優位を生かして確実に一機を葬るところだったが、あえて栄二郎は二兎を追う作戦に出た。

敵の数を早く減らしておきたい。敵の練度は高くない。自分と喜三郎であれば、二機とも撃墜できる。

そう確信しての判断だった。

「俺にできないわけがないだろうが。喜三郎に頼らなくても、この程度の敵ならな」

直線的に逃れる敵一番機を追う。

速度競争でもシー・ファイアに分がある。

H形の尾翼が徐々に大きく見えてくる。

ふりきれないと見た敵一番機は、左の水平旋回で逃れようとしていく。やはり並み以下のパイロットだ。

双発機が運動性能で単発機にかなうはずがない。しかも、シー・ファイアは単発の戦闘機のなかでも、運動性能に優れる機である。機体性能で比較すれば、一対一でも敵の勝算は乏しい。

敵の立場で見れば、僚機をなんとか空戦に引き込むように動いたり、断雲のなかに逃げ込んだり、海面を障害物に利用したりという、環境面での工夫が必要だったろう。

それができない敵は、撃墜される運命にあるということだ。

敵一番機の機影が徐々に大きく、はっきりとしてくる。しずくを伸ばしたような胴体とその側面に描かれた十字の識別表示、左右の双垂直尾翼に描かれた鉤十字、そしてグレーの濃淡で表現された迷彩柄の一本一本すらも、明確に見えてくる。

「焦らず、騒がずってね」

栄二郎は最終微調整に入った。

機体を安定させて、銃撃態勢を整える。機銃は口径二〇ミリのほうを選択した。

手間をかけずに、さっさとけりをつけるつもりだった。

照準器の中心に敵一番機の尾部を重ねる。H形をした尾翼の中心から、あえてずらして二〇ミリ弾を叩き込んだ。

狙いは、ものの見事にはまった。

敵一番機の水平尾翼は、鈍い音を残して右半分がちぎれ飛んだ。

バランスを崩したところに、とどめの追撃を見舞う。黒色の破片が散り、霧状に燃料が吹きだした。それはすぐに橙色の炎に取ってかわり、機体を舐めるように拡がっていく。

勝負あり、だ。

(喜三郎は？)

確認するまでもなかった。横から健在だとアピールしつつ、斜め後ろの定位置につく。

(もう片付けてきたというのか！)

相変わらずの手際のよさに舌を巻く。

さらにもう一機、撃墜スコアを追加したところで、限界がやってきた。

「栄兄、そろそろ終わりにしないと」

「なんだ。もう終わりかよ」

喜三郎に促されて栄二郎は嘆息した。燃料計に目をやれば、残量が心もとない。母艦に帰投するには、空戦を中止して引きあげざるをえない。

わかっていたこととはいえ、やはり納得がいかなかった。

「仕方ねえなあ」

悔しげにこぼす栄二郎の言葉には、ふたつの意味が含まれていた。

ひとつはシー・ファイアの航続距離についてである。シー・ファイアは速力と武装、運動性能を高次元で合わせもつ優秀な艦上戦闘機だが、航続距離はわずか七五〇キロメートルにすぎない。

必然的に空戦時間は限られ、作戦行動にもそれなりの制約が課せられてしまう。これが零戦だったら、まだまだ敵を掃討できただろう。

やはり、すべてを兼ねそなえるというのは難しい。

もうひとつは、祖国が今なお敵の占領下にあるということである。

自国上空であれば、最悪、陸地に不時着すれば生還できるはずなのに、それができない。母艦に戻らねば捕虜になってしまう。

自分の国の空だというのに、無理がきかないというのはかなりのストレスとなって、栄二郎を悩ませていた。

「戻ろう、栄兄」

「ああ」

喜三郎に促されて反転しようとしたところで、同じように下がってくるシー・ファイア二機が目に入った。オリバー・スミス少尉とセス・スチュアート少尉候補生のペアである。

「すまない。燃料がもうもたない」

「ああ、こっちも同じようなもんだから」

一応、申し訳なさそうに言うスミスに栄二郎は応じた。

同じ機体に乗っているわけだから、戦い方によほどの違いがない限り、航続時間の限界は同じようにやってくる。

　これも予想できたことである。

　反面、予想外のこともあった。敵の数だ。

　栄二郎らは奮闘したものの、まだまだこの空域には敵戦闘機が多く残っている。

　制空権奪取には、ほど遠い状況だった。

「敵がこれだけの戦力を残しているとは意外でした」

「ああ、時間がかかるな。これをどかすには」

（逃げおくれただけ。いや、取りのこされただけさ）

　スミスとスチュアートの会話を聞きながら、栄二郎は胸中でつぶやいた。

　残っている敵機の数は多いとはいえ、いずれも二線級の者たちばかりである。エース級のパイロットや新鋭機の類は、とっくに脱出して本国方面に向かったに違いない。

　今はこうして意気軒昂に戦えたとしても、補給が続かない限り、先は見えている。

　いずれ燃料や弾薬が尽きれば、戦いたくても戦えなくなる。機体は健在でも、それはジュラルミンとガラスの箱でしかなくなるのである。

　そういう意味では、こいつらも被害者なのだろうとも思う。東へ東へと侵略と膨張を繰りかえし、先兵として送られ、いざ後戻りできなくなるとあっさりと見捨てられた。

　さらに悪く考えれば、より優先度の高い部隊を逃すためだったり、反撃態勢を整えなおしたりするためだったりの時間稼ぎに使われているという見方もできる。

　敵に潰させて代わりに時間を得るという、哀れな捨て駒である。

（敵ならば、やりかねんな）

　栄二郎は軽蔑と忌避に端整な顔を歪《ゆが》ませた。

第三帝国を名乗る敵は、総統アドルフ・ヒトラーの独裁国家だと聞く。

ヒトラー個人に権力が集中しており、命令は絶対で、無理無謀な命令が乱発されてもなんらおかしくはない。

それが、この状況を招いたのかもしれない。

「はやる気持ちもあるかもしれないが、焦りは禁物だ。我々にはまだまだ先があるのでな」

（たしかにそうだ）

スミスの言うことはもっともだと、栄二郎は思った。

自由四国同盟は反攻に転じ、日本の奪還は現実味を帯びてきている。

しかし、それはまだほんの序章にすぎない。次はアメリカという広大な国土が待っているし、その先には遠く欧州がある。

そこまで行く過程には、敵の激しい抵抗が予想されるし、敵の本土が近づくにつれて、敵の防御もより堅固で強力になっていくだろう。

そうなれば、自分たちが払う犠牲は、ここでの敵の二倍や三倍ではとうていきかないものになるに違いない。

栄二郎は間違っていた。栄二郎の考えそのものには、誤りはなにひとつなかったのだが、スミスが考えていることは違っていた。

スミスが示唆していたものは、祖国解放という小さな、そして目先の課題などではなかった。

スミスの碧眼の奥には、栄二郎にはうかがいしれない謀略と闇が隠されているのだった。

一九四五年二月一九日　日立沖

戦艦『大和』は駆逐隊一隊と空母『龍驤』を伴って、太平洋を北上していた。

好転した戦況を反映するかのように海は凪《な》いでおり、海上を渡る風もまた穏やかだった。

後甲板でその風にあたりながらも、砲術長大川秀一郎中佐の表情は影を帯びたものだった。

かたわらには艦長松田千秋大佐の姿もある。

「やはりいいものだな、祖国というのは」

「はっ」

松田の言葉に秀一郎は短く応じた。姿勢を正したままで、表情には硬さが残る。

天候は穏やかで、澄んだ空と海は自分たちを歓迎しているようにも見えたが、それを素直に受けとって、無条件に喜ぶ気にはなれなかった。

ここまで、あまりにも失うものが多すぎた。

開戦時、世界三大海軍の一角を誇っていた日本海軍の戦力は半減し、優秀な人材の多くが失われた。

特に秀一郎にとっては、公私にわたる恩人であった軽巡『北上』艦長園田泰正大佐をガラパゴス諸島沖で失ったのは大きな衝撃だった。それは今も、胸中奥深くに深い傷を残している。

そんな秀一郎の様子を見てとって、松田は秀一郎の背中を軽く叩いた。

「もっと楽にしろ。貴官がそんな顔をしていては、砲術科全体が暗くなる」

松田はあえて大袈裟に相好を崩した。

「時間はかかったが、こうして戻ってこられたことを率直に喜ぼうか」

「部下たちも皆、そのような気持ちでおります。これまで戦ってきたのはこのためだったと。志半ばで逝った者たちも、きっと喜んでいると」

秀一郎は砲術科の面々の思いを代弁した。

自分で言いながら、そうあるべきだと自分自身を納得させた。

園田先輩の献身的行動はけっして忘れてはなら

ないが、かといっていつまでも、その戦死を悔やんで沈んでいることを先輩は望まない。存命であれば、「なにをしておるか！」と一喝されるだろう。

秀一郎は自分を恥じた。自分たちを生かしてくれた先輩のためにも、なおいっそう軍務に精励しようと顔をあげた。

本土に敵の上陸を許してから二年八カ月あまり。心情的にはそれ以上に長かったと感じる者が多いはずだ。

敵の最後の粘りに手を焼かされたことで、その印象が倍化したこともある。

三カ月前、いよいよ日本本土への逆上陸にかかろうとした自由日本軍だったが、敵はまだ日本本土内に多くの戦力を残していた。

特に航空戦力は、質はともかく数は多く、上陸作戦はたび重なる延期を余儀なくされた。

戦力の補充という意味では、自由日本軍も見おしがたたないために無理はできず、結局、航空撃滅戦に一カ月を要した。

その後、ようやく上陸作戦を始めたわけだが、そこでも散発的戦闘が続発し、すんなりと全土解放とはいかなかった。

日本に駐留していた敵の陸上部隊の総指揮官は降伏と投降を申しでていたものの、それを潔しとしない一部の指揮官が独断で部隊を動かして、攻撃を仕掛けてきたのである。

最近聞いた話によると、それは正規の国防軍ではなく、武装親衛隊と呼ばれる総統アドルフ・ヒトラーに絶対的忠誠を誓う私兵組織の部隊だったらしい。

恐らく、ヒトラー個人を崇拝するようにマインド・コントロールされており、生死を度外視した行動も厭《いと》わない狂気の集団だったのだろう。

だが、それもひとつひとつ粘りづよく制圧し、首都東京は先月のうちに解放された。

そして、これまでに沖縄から九州、四国、本州、北海道と本土全域で敵の組織的抵抗は終焉を迎え、現在は残敵掃討の段階に入ってきている。

海軍もドイツ軍が破壊していった旧工廠や港湾の復旧に急ピッチでとりかかっており、本土の完全解放宣言が出されるのも間近と思われている。

こうした状況の下で、『大和』は日本近海の警戒と輸送船団の護衛任務にあたっていた。

日本海や東シナ海はもちろん、西太平洋をはじめとした太平洋全域を見ても、残っている敵の水上艦艇は僅少と思われるものの、大量に侵入していたUボートはまだ相当数が隙あらばと牙を研いで潜伏している可能性がある。

洋上の安全宣言が出されるのは、まだ先のことであり、たとえ日本近海であっても、輸送船単独での航行は許可できないのが実状だった。

もっとも、『大和』は戦艦であって対潜兵装はもっていない。搭載する水上機を飛ばして、Uボート探索と撃退程度はできないことはないものの、どう見ても非効率的である。

駆逐艦や小型空母のほうが、よほど対潜戦闘には向いている。

では、なぜ？

その疑問への答えを松田は口にした。

「本艦には本艦しかできない立派な任務がある。姿を見せて、国民を安心させるというな。まずはそれを全うしようか」

「はっ」

現在、『大和』に期待されているのは、まさにこの点だった。

自分たちの海軍には、これだけ大きく強い艦がいる。日本にはもう指一本、敵に触れさせはしない。その説得力としての存在感を示し、国民に安心感をもたらすというのが、『大和』に求められる役割だった。

だから、『大和』は沖縄から佐世保へ、そして横須賀へと行動したうえで、今は関東から三陸沖へ向けて北上している。

ちなみに呉を回避したのは、狭い内海へ入っての触雷を気にしてのことである。

ドイツ海軍は日本から撤退するにあたり、要所要所に機雷を敷設していった。掃海もまた、戻ってきた自由日本海軍の重要な仕事だった。

あえて国民の目に触れさせるというのは、極秘の存在だったらありえないことだったろう。

『大和』は、もともとはそうした存在となるよう想定されていた。

しかし、ここまでの戦闘で『大和』の存在は敵味方ともに広く知れわたっている。今さら隠すこともないという自由日本艦隊司令長官小澤治三郎中将の判断である。

小澤ら自由日本艦隊司令部の面々は現在、東京に出張中である。

パラオから復帰した自由日本政府と、今後のあり方と同盟国との関わり方について、協議と相談は山ほどあるためだった。

『大和』は自由日本艦隊旗艦の任を解かれたわけではなかったものの、小澤の意向で、司令部抜きで任務を遂行している状況にある。

「これも北の大地でひと区切りだがな。『龍驤』が積んだ艦載機を千歳に降ろして最終だ」

そこで松田は艦長としての仮面を外して、柔和な表情を見せた。

「家族とは連絡がとれたのか」

「いえ、まだ」

「それはいかんな」

親のように心配する松田に、秀一郎は首を横に振った。

「あ、いえ。弟たちが無事だと確認してくれましたので」

「そうか。それはよかった。家族が第一だからな」

松田の言葉は本心からだった。

「よかった。よかった」

幾度もうなずき、満面の笑みを見せる。

「我ら軍人は家をあけるのが商売のようなものだが、敵の占領下にあったとなれば、心ここにあらずとなってても仕方なかっただろう。とにかくよかった」

「弟たちには感謝しております」

「腕利きの飛行機乗りなのだろう?」

「ご存知なのですか」

「知っているよ」

そこで松田はいたずらな笑みをこぼし、冷やかしの目を向ける。

「長兄は恩賜短剣組の秀才で、頭で敵を沈める鉄砲屋。弟二人は天性の勘と才能で、敵機を寄せつけない空の剣豪。その名を聞いて敵が逃げだす大川三兄弟といえば、海軍に知らぬ者なしと、もっぱらの評判だが」

「かいかぶりがすぎます、艦長」

秀一郎は大きくかぶりを振った。

頭脳明晰で知られ、松田大学という講座まで開いて戦術教育をしている松田に言われると、恥ずかしい気がした。

「自分はそんな大それた男ではございません。ただ任務に集中して、そのとき、その瞬間に最適のことができるよう考えて行動しているだけです」

「それが並みの男にはできんのだよ。貴官は驕《おご》るような男ではないしな」

もっと自分に誇りを持っていいという松田の視線を受けて、秀一郎は感謝の視線を返した。そのうえで天を仰ぐ。

紺碧の空に純白の雲が浮かんでいる。

「自分よりも、むしろ弟二人は凄い奴です。それに、三男の喜三郎にはたしかに天才的な勘がございますが、次男の栄二郎は意外なほどに努力家なのです。実はソロモンで敵の空襲を受けたときに、助けてくれたのはあの二人です」

「あのガ島沖でのことか」

松田は、すぐにいつのことを指しているのか理解した。

一昨年八月、『大和』は自由日本艦隊の旗艦としてソロモン海域に出撃したが、ドイツ太平洋艦隊と夜戦を繰りひろげた翌朝、敵陸上機の空襲を受けた。

直衛機のいない丸裸の状態で空襲を浴びているところに駆けつけてくれたのが、栄二郎と喜三郎が所属する独立混成飛行隊だったのである。

特に栄二郎は、射撃指揮所を直撃しようかという爆撃態勢にあった敵機を、衝突や味方の誤射という危険を顧みずに直前で退けてくれた。

栄二郎の勇敢な行動がなければ、自分も艦長も今ごろ、ここにいなかったかもしれない。

「そうか、そうか。さすが大川三兄弟だな。これは感状のひとつでも申請しておかんといかんな」

「そうしていただけると弟たちも喜びます」

秀一郎は深々と頭を下げた。

「これが終わったら、一度皆にはゆっくりしてもらいたいと思っている。もちろん、状況が許せばのことだが。

砲術長も家族とゆっくり会ってくるといい。しばらく働きづめだったから、骨休みもしてもらわんと。倒れてもらっては困る身体なのでな」

「恐れ入ります」

再び頭を下げる秀一郎に、今度は松田がかぶりを振った。目は「気にするな」と笑っている。

久しぶりの明るい雰囲気だった。

対ドイツ開戦以来、三年あまりの月日が経つ。

西太平洋海戦での惨敗に始まって、本土失陥、大陸そして南方への撤退と、押されつづけていた戦況をようやく押しもどすことができた。本土奪還も、ついにかなうところまできている。

頭上を覆っていた厚い暗雲が薄くなってちぎれていき、青い空がのぞいた。

そんな気分だった。

「敵影なし。さあ、行こう」

後悔は順調だった。

翌々朝には目的地に到着できる。その後は突発的な非常事態にならない限り、横須賀への帰還命令が出る予定だった。そうなれば、乗組員にもしばしの休息が与えられる。

松田の胸中も久々に穏やかなものとなっていた。

まさか、この後に驚愕の事態が待ちうけているとは、目の前に信じがたいものが出現することになるとは、松田も秀一郎も、そんな予想など頭の片隅にもなかった。

二月二〇日　下北半島沖

嵐の前、とはよく言ったものだが、海上は不気味に静まりかえっていた。

波は穏やかで、うねりはなし。風もほぼ無風だったが、上空に星空はなかった。

空は一面厚い雲に覆われており、光らしい光はない。そのため、凪いだ海面は墨で固めたように漆黒で、水平線も見えないことから、海と空が一体となったかの錯覚にさえ陥りかねなかった。

そうしたあたり一面が闇に覆われたなかを、戦艦『大和』と一個駆逐隊、空母『龍驤』からなる小艦隊は北上していた。

パナマへ向かったクローズド・ゲイト作戦のときとはうってかわって、航海は順調そのものだった。

懸念していたUボートの出現もなく、行程に遅れはない。明日には予定どおり『龍驤』に積んできた艦載機を降ろして、任務は完了だとほとんどの者が思っていた。

しかし、順調すぎるときほど気をつけろとの格言があるように、その先でとんでもない落とし穴にはまるケースが多々ある。

この夜も、そうした事態の急変が待っていた。それも「落とし穴」などではすまされない、つらく、悲しく、苦しい、ありえない、あってはならない展開だった。

それは、闇夜のなかでも静かに淡々と機能するレーダー――日本式に言う電波探知機の反応で始まった。

日米英仏自由同盟軍は装備の共通化や貸与、代替生産などを組織的に進めてきたが、その一環として『大和』にも波長五〇センチのイギリス製284型レーダーがようやく装備されていた。

その284型レーダーが不審な物体を捉えたのだった。

「電探に反応？」

電探室からの報告に、戦艦『大和』砲術長大川秀一郎中佐は目をしばたたいた。

宿直ではなかったものの、就寝せずに警戒を続けていたが、特定の怪情報や予感があったわけではない。

それでもこうした状況に遭遇することが、軍人としての秀一郎の定めだったのかもしれない。

「なにかの間違いでしょうか。機器が壊れているとか」

「いや、そう決めつけてはいかん」

報告に来た電測長を秀一郎は戒めた。

長年培ってきた経験や知見は人それぞれの財産であって、指針を定める重要な要素となる。

しかし、それが過度な思い込みや硬直した発想となっては判断を誤ることがあると、秀一郎は理解していた。新しい発想や情報も、柔軟に取り入れていかなければ、時代に取りのこされることになる。

こうした考えでいられることも、秀一郎を秀才たらしめている要因のひとつだった。

「この種の装備に関しては、残念ながら英軍は我々より二歩も三歩も先をいっていた。もう三、四年も前から艦艇への搭載も始まっていて、かなりの実績を積んできたと聞いている。

北極海や北大西洋のような霧の濃い海域では、ずいぶん重宝したとも。ただな……」

秀一郎はゆっくりと首をひねった。

では、電探が反応している物体はなんだというのだ。この海域を航行している味方の艦艇はいないはずだ。

敵か？　その可能性は、なおさら低いだろう。敵の水上艦艇がここにいたら、それこそ脱出はもう無理だ。拿捕《だほ》されるか自沈するか、いずれにしてもろくな結末ではない。

それがわかっているからこそ、敵の水上艦は早々と脱出していったはずなのだ。

「いったい、これはなんだ」

「不明艦は単艦。ほかに反応はありません」

続報にも、うなるしかなかった。船団でも艦隊でもない。なんら解決に近づく情報ではない。

「艦長には知らせたのか」

「いえ、まだです。ご就寝中で」

「すぐに知らせろ。至急だ。手遅れになってからでは遅い」

「はっ！」

伝令が走る。

秀一郎の判断は正しかった。

闇の向こうで跳ねあがる運命の針は、レッドゾーンに達していた。「不明艦」はまもなく、危険な兆候を見せはじめたのである。

「不明艦、変針しました。向かってきます」

「敵だ！」

戦艦『大和』艦長松田千秋大佐は即座に判断した。まだ起床して数分しかたってない。強制的に意識を現実に引っ張りあげ、目を大きく見開いて呼吸を整える。

松田もまた、意志の強い男だった。

「総員、戦闘配置！　夜戦に備え」

艦内がたちまち慌ただしくなる。

とび起きた兵が服装を整える間も惜しいと走りだし、下士官が急げ急げとはっぱをかける。

「戦闘配置だって？」

「なにが起きたんだ」

疑問に思う者も多数いたが、頭とは別に身体が勝手に動く。軍人として訓練を重ね、身に染みついた本能的な行動だった。

場はいっきに緊迫の度を増していく。

「不明艦の反応大」

「電探波、さらに増幅」

「艦長……」

航海長井浦祥二郎中佐が不安げな視線を松田に向けた。まばたきを繰りかえし、表情にも焦燥の様子が表れはじめている。

不明艦は哨戒艇のような小型の船ではない。巡洋艦をも超える戦艦クラスの大型艦かもしれない。そう思えば、平静でいられるほうが異常だった。

「念のためだ。平文で呼びかけてみるか」

自分たちに危害を加える相手かどうかはわからない。無害な相手であってほしい。そうした一縷《いちる》の望みを残す気持ちはもはやなかったが、かといって予告もなく戦闘に入るわけにもいかない。

誤射を避ける意味でも、最低限の「常識的な行動」はしておかねばならないという松田の判断だった。

「そうですね」

井浦は汗を拭った。高まる緊張に嫌でも汗が吹きだしてくる。額、脇の下、背中。ただ、その不快感は緊張がうわまわって感じなかった。

「所属と艦名を答えるよう求めるのだ。日本語、英語、複数言語で呼びかけよ」

松田は命じた。

一万二〇〇〇メートル先の新聞が読めるという『大和』自慢の一五〇センチ大型探照灯を使って、直接確認したいという誘惑もあったが、さすがにそれは無謀である。

相手が敵だった場合、自ら位置と存在を暴露して攻撃してくださいと言うようなものである。同じ理由で、発光信号も危険だった。ここは無線に頼るしかない。

「こちら、自由日本海軍所属の戦艦『大和』。貴官の所属と艦名を知らされたし」

応答はなかった。英語で繰りかえしても波長を変えても同じだ。

「いったいどこの艦だというのだ」

井浦は苛立たしげに吐きすてた。

我が軍のものでないことはたしかだが、アメリカやイギリスの艦である可能性はないのか？　特殊な任務を背負って、隠密行動をとっている艦だとすれば、ありえない話ではないのではないか。

「向こうはこちらに気づいているのでしょうか」

「気づいているさ。だからこそ変針して向かってきている」

「ですが……」

井浦の淡い期待はあっさりと裏切られた。

無線による呼びかけへの返答は、発砲の光という乱暴な形で返されたのだった。

「発砲炎を確認。敵です！」

見張員の絶叫に井浦は凍りついた。

間違いなかった。

墨一色だった空間を橙色の閃光が引き裂き、その背後に一瞬、艦影らしきものが浮かび出る。

「砲戦用意！」

砲声が届くのも待たずに松田は命じた。あれは紛れもない敵である。松田に迷いはなかった。

だが、この時点でまだ松田は、事態の真相にまではたどりついていなかった。

不明艦、そして戦艦らしき大型艦との遭遇、それはまだほんの一部にすぎなかった。

本当に恐ろしいのは、これからだった。


戦艦『大和』砲術長大川秀一郎中佐は、まばたきを繰りかえし、目をこすった。

（おかしい）

目を閉じて眉間をつまむ。

一瞬のことだったが、漆黒の瞳に飛び込んだ敵艦影に見覚えのあるような気がした。

（やはり睡眠不足がたたったか）

疲れは目にくるというが、そのとおりかもしれない。疲労が対象をぼやけさせ、視覚そのものが鈍ることに加えて、またそれを認知する知覚をも狂わせる。

（はっきりと物も見えないようでは、砲術長失格だな）

いざ砲戦に入れば、砲術長は艦上から弾着観測を実施し、その結果を見ての照準値の修正——より具体的には距離と方位をいくらずらして次弾を放つかを指示する役割を担う。

砲術長の判断と指示が、砲術の良し悪しを決定づけると言っていい。

秀一郎は接眼レンズに目を押しつけた。しかし、敵艦は再び闇のなかに溶け込み、暗幕以外に見えるものはない。

後ろから、小さな破裂音に続き、乾いた回転音が伝わってきた。

艦長が敵情偵察と弾着観測を目的として、水上機を発艦させたらしい。破裂音は火薬式カタパルトの作動音であり、回転音は水上機のエンジン音ということになる。

まずは目標をはっきりと見定めねば、砲撃を始めることもままならない。

秀一郎も目標識別のために星弾を準備させる。

星弾とはマグネシウムに代表される照明剤を内包し、炸裂とともにそれに点火して目標を照らす砲弾である。

やみくもに徹甲弾を放っても、虚海を抉って捨てるようでは意味がない。本土を取りもどしたとはいえ、『大和』の主砲弾がすぐに生産再開できる見込みはない。まだ「底が見える有限物資」であることに変わりはない。

景気よく撃ちつづけられるようになるのは、まだ先のことである。

そうこうしているうちに敵弾がやってきた。特徴的な甲高い風切り音が加速度的に増して、鋼鈑越しに身体を圧迫してくる。

まったくの闇夜でなにも見えないため、いつも以上の迫力を感じる。

「来るか」と思った次の瞬間には、飛来音は頭上を抜けて遠ざかる。一発、二発と、それは力任せに海面を叩く音に変わる。

　水というものは衝突してくる物体の速さによって抵抗力が変わるものだが、相応に強烈な音が海上を揺るがす。至近弾にはほど遠いが、腹の奥底にはっきりとした圧迫感を与えてくる。

「な……に」

　秀一郎は再びまばたきを繰りかえした。

　抉られた海面に、代わってそそり立つ水柱は非常に太い。そして、夜空に向かって際限なく昇っていくかのようだった。

　海面から四〇メートルほどに達する秀一郎がいる射撃指揮所の高さを、ゆうに越えているように見える。

「あれは！」


　事態の深刻さに気づいたのは、戦艦『大和』砲術長大川秀一郎中佐だけではなかった。艦長松田千秋大佐もまた、直面している現実の重さを感じていた。

　松田も秀一郎と同じく、砲術を専攻して海軍人生を歩んできた鉄砲屋である。

『長門』や『扶桑』『金剛』らの砲撃を繰りかえし目にしてきた。弾着によって噴きあがった水柱の太さから、砲弾の直径くらいは容易に想像がつく。

「これは三八センチや四〇センチクラスの砲弾ではない。本艦と同等程度の砲撃だ」

「なんですって！」

　航海長井浦祥二郎中佐が目を剥《む》いた。

『大和』は世界中どこの海軍の戦艦が出てきても、撃ち勝てるように設計された戦艦である。

　そのため、砲もほかに例を見ない口径四六センチという未曾有《みぞう》の巨砲を搭載した。その巨砲を用いて、敵艦の主砲弾が届かない遠距離から一方的に砲撃を浴びせ、その防御力を上まわる痛撃を与えて葬る。

それが『大和』の基本的な造船理念と運用思想だった。

ところが、敵艦がこれに匹敵する砲を持つとなれば、その思惑は根底から瓦解する。

『大和』はまったく想定外の舞台に放り込まれ、攻勢一辺倒の戦いから受け身を見据えた、より慎重な戦いを強いられることになる。

予想もしていない敵弾対処が必要になったり、砲戦距離の見定めを再検討したりせねばならなくなるのは必至だ。

火災や浸水への対応は、これまでのドイツ戦艦との砲戦で経験済みではあるものの、それはいずれも『大和』から見れば同等未満の砲しか持たない「格下」の敵だった。

損害箇所は艦首や艦尾の非装甲部に限られ、手順どおりの行動をとれば対処できた。

しかし、今回は違う。

敵艦が本当に同等――口径四六センチ以上の砲を持っているならば、主要部を覆うバイタル・パートを破られる。

そうなれば機関が直接破壊されて行動の自由を奪われる恐れがあるし、それどころか、主砲弾火薬庫を撃ちぬかれれば艦体が爆裂して轟沈という最悪の事態すら考えられる。

身の毛もよだつ展開だ。

もちろん、敵にも同じことが言えるわけだから、どう出てくるか、非常対処がどう必要になるかは敵の素性に左右されることになる。

安全策か積極策か、はたまた生還すら期さない突撃か。

「ドイツ軍の新型戦艦でしょうか」

井浦は記憶をたどった。

「開戦前にドイツ軍は艦隊の大拡張計画を進めていました。かなり誇大な計画であって、一〇年内外かけても完了できず、計画そのものに疑問符がついていたと記憶しています。

そのなかに一〇万トンクラスの戦艦や五〇センチ砲搭載戦艦などの建艦計画もあったはずです。敵はその一隻を完成させて、投入してきたのでしょうか」

（それならば、まだいい）

松田は悪い予感に、その言葉を飲み込んだ。

敵が造った新型戦艦ならば、躊躇《ちゅうちょ》なく戦うまでだ。それが『大和』をしのぐ大艦だろうと、さらに強大な砲を積んだ艦だろうと、乗組員全員が一丸となって、全力を尽くして沈めるように努める。

だが……。

「敵艦、発砲！」

松田は低くうなった。

間違いであってほしいと思う。自分の思い違いや杞憂であってくれればいい。

発砲炎に浮きでる艦影は一瞬のことであるから、確信とまではいかない。ぼんやりとしたなかに、自分は自身の不安や憂いを勝手に見ているのかもしれない。

そう思いたかったが、まもなく拡がった星弾の光に、それははっきりと否定された。

「最悪の事態」は現出したのである。

星弾の青白い光が敵の艦影をあぶり出した。

（まさかと思ったが）

艦橋最上部の射撃指揮所で目を凝《こ》らしていた戦艦『大和』砲術長大川秀一郎中佐も、痛恨の思いだった。

凹凸の少ないすっきりとした筒状の艦橋構造物、その前に背負い式に据えられた巨大な三連装主砲塔、そして三本のメインマスト……対峙する敵艦は、『大和』と寸分たがわぬ姿の艦だった。

「砲術長……」

一様に驚きの声を隠せない部下の声を耳にしながら、秀一郎はつぶやいた。

「『武蔵』……」


艦橋下部の夜戦艦橋も騒然としていた。

ここでも、誰かが『武蔵』と半信半疑につぶやいた瞬間に、皆がいっせいにざわめき始めたのである。

ある者はうつろな表情で視線をさまよわせ、またある者は絶句して頬を痙攣《けいれん》させたりしている。

砲撃してくる敵艦は『大和』に酷似した艦容をしていた。同型艦と見ていいとなれば、なんだ?

日本海軍は大和型戦艦を当初、四隻建造する予定だった。

一番艦『大和』は呉海軍工廠で完成し、二番艦『武蔵』は三菱長崎造船所で、三番艦『信濃』は横須賀海軍工廠で起工され、四番艦は起工まで至っていなかった。

そのうち、三番艦『信濃』は開戦と同時に早期完成の見込みなしと、損傷艦の修理や中小型艦の建造を優先するために工事が中断され、事実上廃艦となった。

問題は二番艦『武蔵』である。『武蔵』は建造工程の八割以上が進んでいたため、なんとか完成までこぎつけられないかと関係者は奔走したが、結局はドイツ軍の本土上陸に伴い、爆破処分された「はず」だった。

それをドイツ軍は再生して完成させた。あるいは爆破処分そのものを阻止して、建造を継続させていたというのか。

いずれにしても、目の前の艦は『武蔵』と考えるのが、もっとも妥当だった。逆に、それ以外は考えられなかった。

「『武蔵』は長崎でスクラップになったはずではなかったのか」

「あれが『武蔵』だというならば、いったいどこから出てきたというのか。呉も横須賀も反対方向だろうに」

（恐らく、択捉島の単冠湾《ひとかっぷ》あたりに潜んでいたのだろうな）

北の泊地で人目につかないところといえば、そこくらいだ。現れた方向や位置もつじつまが合う。

（とにかくだ！）

戦艦『大和』艦長松田千秋大佐は覚悟を決めていた。はっきりと額をあげ、唇をひき結ぶ。

「艦長……」

動揺を隠せない航海長井浦祥二郎中佐に、松田は毅然と言いはなった。

「あれが『武蔵』であろうとなかろうと、敵艦には違いない。そうだろう」

「…………」

異議を唱える者は誰一人としていない。「目を覚ませ」と言われているようなものだった。

大原則として松田は正しい。採るべき道は……考えるまでもない。松田は一同を素早く見渡し、喝を入れた。

「砲戦中だ。持ち場を離れるな！」

その松田から「砲戦継続」の指示を受けるまでもなく、砲術長大川秀一郎中佐も同じ考えで動いていた。

「なにをしている！　手を止めるな。測的急げ」

目標の艦が『武蔵』であることはほぼ間違いないと、秀一郎も思っている。その『武蔵』に砲を向けることに複雑な思いでいることもたしかだ。

だからといって、違和感を拭えないからと躊躇していても、状況は好転しない。なんの解決にもならないのだ。

『武蔵』は呼びかけに応じることなく、明確な敵意を示している。残念だが、平和的解決の可能性はないと考えるしかない。

若い部下たちが動揺するのも無理もない。なかには状況をうまく飲み込めない者もいるかもしれない。

しかし、ここで立ちどまってしまうわけにはいかない。

あれは「敵」なのだ。足踏みすることなく進むまでと、秀一郎と松田の考えは一致していた。

『大和』は先に動いた。取舵を切って針路を北々西に向ける。北々東から向かってくる『武蔵』の針路を横ぎる格好だ。

松田は誘いをかけたのだった。

タイミングよく、『武蔵』の頭上から昼間のような光が溢れだした。放っていた水上機が吊光弾を投下したのである。

こうなれば測的の精度も増す。

『大和』も、ついに『武蔵』への砲撃を開始した。世界の頂点を極めんと造られた口径四六センチの巨砲だが、それを同型艦に向けねばならないとはなんたる悲劇、なんという皮肉な運命だろうか。

だが、やらねばならない。断腸の思いを抱えつつも砲撃を繰りかえす。

「敵艦、回頭します」

「うむ」

予想どおりだとうなずく松田だが、敵の動きは松田の期待とは裏腹のものだった。

「敵艦、取舵に転舵。針路一九〇から一八〇」

「取舵だと？」

松田はぴくりと口上の髭を震わせた。

『大和』と『武蔵』とは攻撃力も防御力も、そして速力も同等である。となれば奇策は通用しない。

側面から一撃を加えようともかわされる。自分に都合のよい距離は、敵にとっても都合のよい距離となる。

だから、砲戦は消耗戦覚悟の同航戦になるものと、松田は考えていた。

しかし、それは思い込みにすぎなかった。敵は面舵を切っての同航戦ではなく、取舵を切って別方向へ向かった。これでは反航戦というよりも、背後をとられることになる。

「艦長」

「いかがいたしますか」と井浦が視線を向けてくるが、松田は落ちついていた。

こちらの目論見を敵は否定した。だが、それは逆も然り。敵の目論見を、こちらも否定できる。それが同型艦ゆえの動きというものだ。

速力も回頭性能も同じであれば、操艦で差をつけることは困難である。意外という思いはあったものの、松田は浮足立つことはなかった。

「取舵だ。反転するまで切りつづけよ」

「……はっ」

返答に要した数秒間に、今度は井浦の松田に対する意外という思いが表れていた。

敵も敵だが、艦長も艦長だ。互いに一歩も譲らずに挑発しあっているようにすら見えた。

『大和』は艦首を左に振った。大きく左右にフレアの付いた艦首が反時計まわりに弧を描き、それは半円をなしていく。

後ろにまわった敵を反転して追いかけるつもりの松田だったが、敵はまたもや松田の予想を裏切った。

敵の動きは松田の想像を超えていた。

「敵艦、面舵に転舵。針路二五〇から二七〇」

「面舵ときたか」

松田は再び口上の髭を震わせた。

同航戦に応じるつもりがないというよりも、敵は……。

「敵艦、向かってきます」

「うむ」

ここで松田は再び重い決断を下した。

自由日本海軍最大の戦艦と、その二四〇〇名の乗組員を預かっているという責任と、かつてない強大な敵を前にしての責任。凡人であれば押しつぶされるほどの重圧だったが、松田に躊躇はなかった。

「舵そのまま。針路九〇」

「艦長!」

井浦が飛びあがらんばかりに振りむいた。

松田が命じた針路。それは『武蔵』と正面からぶつかる針路だったのである。

敵は砲戦の長期化を望んではいない。そして、曖昧《あいまい》な決着も望んではいない。勝つか負けるかの一発勝負の接近戦を敵は挑んできている。

それを松田は受けた。この場に自由日本艦隊司令部と小澤治三郎長官がいれば、また違った指示があったかもしれない。場合によっては、一時撤退という選択もあったかもしれない。

しかし、松田はこの場での決着を望んだ。

このときの心理を後日、松田は次のように述べている。

『武蔵』との早期決着を望んだのは、自由日本軍にとって重大な脅威となる前に、『武蔵』をここで沈めておかねばならないという強い義務感から と、「悲運」を背負った『武蔵』との果し合いを真っ向から受けること、自分たちの手で沈めてやることが『武蔵』への礼儀と供養になると考えたためであったと。

これを受けて、「戦艦の艦長としての興味本位や腕試しの感覚で、安易に砲戦を継続した」「このために、少なくない死傷者を出した」との批判も湧いたのだが、多くの関係者は「『武蔵』への礼儀と供養」に深い共感と讃辞を惜しまなかったという。


異様な光景だった。

本来は長い射程を生かして遠方から巨弾を撃ち込む戦艦が、巨砲を振りかざしつつ、互いに相手に向かって突進しているのである。

しかも、それが世界最大の四六センチ砲を積んだ大和型戦艦二隻とくれば、目眩《めまい》ものである。巨弾の交換は修羅場と化すのが必至だった。

それを先頭に立って、秀一郎は指揮しなければならない。冷静沈着な秀一郎といえども、平常心を保つのは難しかった。

「敵は刺し違えようというのか」

敵にとっても、このような状況は異常極まりないはずだ。肉を切らせて骨を断つどころか、骨すら砕かれかねない大口径砲の近距離砲戦である。

たしかに、明確な形で決着はつくだろう。

しかし、砲撃が激しいがゆえに下手をすればダブル・ノックダウン、つまり二隻揃って沈むことも大いにありうる。

その危険性を知りながら、なおも『武蔵』は突っ込んでくる。

ただ、この構図を艦長が受けたのも事実である。こちらが嫌って同航戦や反航戦に誘っても、敵は応じない。

やるしかないのだ。

小細工なし。ノーガードの殴りあいである。

しかも飛んでくるのは重量一・五トンの巨弾だ。一発一発が重く、急所に当たれば一撃で決着がついてもおかしくなかった。

先制したのは『大和』だった。

『武蔵』の前甲板に飛び込んだ一発は、最上甲板に大人がゆうゆうと入れる大穴を穿《うが》ち、内部の兵員居住区を焼きはらった。

しかし『武蔵』も、すぐに反撃する。

右舷中央に命中した一発は、周辺の高角砲と機銃を一瞬で残骸に変え、艦尾に命中した一発は、露天繋止されていた水上機を粉微塵に爆砕し、白線がひかれた航空甲板を引きはがす。

一発撃つたびに距離がさらに縮まるので、砲撃の精度も増していく。

主砲塔を複数の砲弾が叩くも弾かれる。司令塔側面に当たった一発は火花をあげながら滑って、海中に消えていく。

かと思うと、マストがけたたましい音をたてて後檣に倒れ込み、鈍い金属音を残して主錨が豪快にさらわれていく。

艦中央に集中配置されていた高角砲や機銃座がすっかりなぎ払われるまで、二隻ともそう時間はかからなかった。

壮絶な叩きあいだった。

撃ちあう前から想像がつくことではあったが、『大和』も『武蔵』も、ただですむはずがない。

最上甲板に穿たれた複数の破孔からは炎と黒煙が吹きあげ、舷側に生じた亀裂からは大量の海水が浸入して、基準排水量六万四〇〇〇トンの巨体を傾ける。

殷々《いんいん》と海上を押しわたる砲声が、雷鳴のごとき砲声をかき消し、悲鳴のような金属音が海上に轟く。発砲と命中の閃光が鋭く闇を切り裂き、鮮紅の炎が夜気を焦がす。気化した水蒸気が漂おうとする海面を、林立する水柱が沸きあがらせる。

艦上には多量の金属片や木片がばら撒かれるが、それが堆積する前にのしあげた波浪がさらっていく。

硝煙のにおいがしみつく空気の下で、油膜が海面を虹色に汚していく。

『大和』も『武蔵』も炎を背負いながら、煤と戦塵にまみれながらも、退くことなく前へ前へと進む。

傾いた艦体は反対舷に注水して平衡に修正し、喫水が深まろうとも構わず撃ちつづける。

（これが同型艦との撃ちあいか）

秀一郎にとっても初めての経験は、互角で過酷なものだった。

攻防性能が同じということは、自分も相手も同じだけ傷めつけられるということだが、逆に同じだけ傷つくということにもなる。

所定の性能や数字というものが、ここまで戦況にはっきりと反映されるものなのかと思うと、束の間、砲戦中ということも忘れて驚きと呆れに微笑が漏れた。

主砲以外の兵装と艦上構造物のあらかたを破壊されながら、『大和』も『武蔵』も発砲の炎をたやすことはなかった。

戦艦の戦艦たる基本要件――すなわち、決戦距離において自艦の持つ砲と同等の砲撃に耐えうること――が、きっちりと機能していることの証明だった。

分厚い装甲に覆われたバイタル・パート内の主要部は互いに無傷だった。

しかし、こうした砲戦がいつまでも続くものではないことを秀一郎は理解していた。

「敵艦との距離、一万を切ります！」

決戦距離を越えた超接近戦となれば、互いの砲弾は相手のバイタル・パートを貫くことになる。

こうなると、どちらが先に倒れるかのデスマッチだった。

この距離になると、砲身もほぼ水平に倒しての直射となる。砲弾はおもしろいように当たりだす。

「命中！」

『武蔵』の艦上に命中の閃光が立てつづけにほとばしり、火炎が帯状になって揺らめく。規模は今までにない大きさで、主砲身とおぼしき棒状のものが炎を背景にちぎれ飛んでいくのも見えた。

痛烈な反撃も、すぐにやってくる。

赤熱化したなにかが視野に飛びこんできたと思った次の瞬間、強烈な衝撃に秀一郎ら主射撃指揮所にいた全員が、その場に投げだされた。

目の前に火花が散る錯覚が襲い、轟音が全身を圧迫するようにのしかかる。

「やられた」と思ったが、奇跡的に身体は無事だった。

「ご無事ですか」

「ああ」

射手を務める会田治也特務少尉とともに秀一郎は立ちあがった。手足の感覚はあり、出血もなかった。

ただ、硝煙混じりの強風が吹き込み、煙のにおいが鼻を衝いた。

見れば、射撃指揮所の左側の壁の半分ほどが引きはがされ、長さ一五メートルの測距儀が折れて失われている。

敵の巨弾がそこを通過していった証である。

(危なかったな)

会田の表情もこわばっていた。もう少し敵弾が右にずれていたら、今ごろ射撃指揮所は全壊し、自分たちは全員即死していただろう。

下の昼戦艦橋あたりに命中しても、崩壊して同じことだ。

生死を分けるのは、ほんの紙一重の差による。

安堵している暇もなく、今度は下から赤い光が差し込み、轟とした炎が昇ってきた。

秀一郎は息を呑んだ。被弾箇所は前部の主砲塔あたりだ。砲塔を破られて炎が弾火薬庫に達すれば、さすがの『大和』も吹きとぶ。

よくて艦体が真っ二つに爆裂して沈没。下手をすれば木っ端みじんに轟沈である。

しかし、そうした終末的なシナリオは避けられた。炎は急速に勢いを失い、二次三次の爆発もなかった。

「一番主砲塔に直撃弾、砲塔全壊」

凶報には違いないが最悪の事態は免れた。

射距離が極端に短かったため、弾道が水平に近かったことが幸いしたのである。

第一主砲塔の天蓋は無惨に引き裂かれ、三本の砲身はひとつ残らず根元から失われたが、給弾、給薬ラインから弾火薬庫につながる下層に炎がおよぶことはなかった。

これで『大和』は前方火力の二分の一を失った。大きな痛手には違いないが、致命傷を負ったわけではない。

まだ天は我を見捨てていないと、秀一郎は前向きに考えた。

残った第二主砲塔が咆哮する。『武蔵』も撃つ。

この後の一、二分間の攻防は無我夢中で、秀一郎の記憶も曖昧だった。

気がつくと『大和』は片膝をつくように傾き、『武蔵』は黒煙をあげて沈黙していた。

『大和』と瓜二つだったはずの『武蔵』の艦容は変わっていた。艦橋構造物は上半分が吹きとび、方位盤や測距儀が併設された主射撃指揮所はもちろん、昼戦艦橋も跡形もなく消えている。

その後ろに伸びていたはずの三本のメインマストも同様である。

左右両舷にあった副砲や高角砲、機銃座も原形をとどめているものは、なにひとつない。

そして、前部の第一、第二主砲塔は機能を失っている。

第一主砲塔は砲塔そのものがのけ反るように歪んで、旋回不能に陥っている。三本の主砲身のうち右一本は失われ、中砲と左砲は砲身そのものは残っているものの、もたれかかるように垂れさがって、とても動く状態ではない。

第二主砲塔は砲塔そのものは一見、大きな傷はないように見えるものの、左砲身は横方向にねじ曲がり、残り二本の砲身は根元からもぎ取られている。

（こちらも限界だな）

『大和』は浸水が激しい右舷とは逆の左舷に注水して、傾斜を復元させた。

ただでさえ深まっていた喫水が、さらに深まる。

反りあがった艦首先端はまだ海面上にあるものの、最下部となる錨甲板の後ろあたりは、海面とさほど変わらない高さにまで沈降している。

海水の浸入をなんとか食いとめている水密隔壁には、膨大な水圧がかかっているはずだ。ちょっとしたきっかけで、それは破られかねない。そうなれば堰を切ったように海水が流入して、『大和』は自力航行困難に陥るかもしれない。

「もういい。もういいだろう」

秀一郎は沈黙する『武蔵』に語りかけた。

「もう気がすんだだろう？」

早く白旗を掲げてくれという思いで、秀一郎は『武蔵』を見つめたが、その思いは届かなかった。

漆黒の瞳に映ったのは、海上に点在する炎に照らされながら、ゆっくりと左に回頭しようとする『武蔵』の姿だった。

「まだ、やろうというのか」

あれは逃げようとしての動きではない。健在な後部の第三主砲塔を向けようとしての動きだと、秀一郎は判断した。

「艦長より砲術」

艦内電話で松田艦長とやりとりする。

「撃てるか？」

「二番主砲の左二門は使えますが」

「よし。撃て」

「いいのですか？　ここで主砲発砲の衝撃を加えたら」

水密隔壁が破れて浸水は危険水準に達するかもしれないと、秀一郎は暗に示唆したが、松田の答えは決まっていた。

「構わん。撃て」

「はっ」

（やるしかないのか）

秀一郎は悲痛な覚悟で発砲を命じた。

残っていた第二主砲塔の中砲、左砲から重量一・五トンの巨弾が飛びだす。発砲に伴う衝撃と反動が、傷ついた艦体を容赦なく痛めつける。

放たれた二発は『武蔵』の右舷中央に命中した。

橙色の閃光が十字に伸びて火炎が湧いたが、もはや燃えるものも誘爆するものも、なにも残っていなかったのか、二次的な爆炎が吹くことはなかった。

『武蔵』の動きが止まった。

（来るか）

秀一郎は、傷ついた『武蔵』を凝視した。後部第三主砲塔の射界に入ったかどうかは、微妙なところだ。やろうと思えば……。

しかし、その考えは杞憂だった。

『武蔵』の艦上に発砲の炎が閃くことは、二度となかった。

しばらくして、『武蔵』の周囲に大量の気泡が湧いた。『武蔵』の艦体はゆっくりと右に傾き、やがて喫水線下の赤く塗装された艦底が海面上に覗いた。

そこからの動きは急だった。

全長二四六メートルの艦体は勢いをつけて右に横倒しとなり、叩かれた海面から大きな水塊と多量の水飛沫があがった。

「敬礼！」

松田は命じた。悲運の最期を遂げる同型艦への、せめてもの敬意と別れの挨拶だった。

『武蔵』は転覆して下北半島沖に、その巨体を沈めていった。それを見つめる秀一郎に、勝ったという実感はほとんどなかった。

ひとつ間違っていれば、ああなったのは自分たちだったかもしれない。勝敗を分けたのは、わずかな当たりどころの差、紙一重の違いと言ってよかった。

『大和』も前傾斜を、さらに強めた。艦の奥から悲鳴のような異音があがる。

秀一郎には、それは『大和』があげた泣き声のように聞こえてならなかった。

第3章　日米英仏軍、西へ

一九四五年六月二〇日　横須賀

　自由日本艦隊司令長官小澤治三郎中将の表情は硬かった。シンガポールで開かれていた日米英仏四カ国合同戦略会議から帰国してのことである。日米英仏自由四カ国は、政府レベルで互いの本土奪還を至上命題とすることで一致している。

　しかしながら、誰が見てもそれを同時に達成するのは困難であることは明らかで、その手順や優先度は軍事レベルの困難度合いによって左右される。

　小澤はその軍事的側面を交渉する代表者として、参謀長小暮軍治少将らを伴って出席してきたのである。

（どうやら、あまり芳しくなかったようだな）

　通信参謀土肥一夫少佐は、不本意な決着であっただろうことを小暮の表情から見てとった。

　小澤の表情も硬かったが、まだあからさまなものではなかった。

　艦隊の最高指揮官として、感情を表に出さず平静を保とうとしていた小澤だったが、小暮はわかりやすかった。内心からこみあげる不満と憤《いきどお》りをこらえきれず、それがへの字に歪んだ眉毛と唇となって滲みでていた。

「遠路お疲れ様でした。こちらは特に報告すべきことはございません。異常なしです。戦略会議のほうはいかがでしたか」

なんとなく結果は伝わっていたが、土肥はあえて尋ねた。

「どうもこうもない。英仏ときたら……」

即答する小暮だったが、そこで思いとどまって小澤を一瞥した。四カ国合同戦略会議の内容は極秘事項である。そう軽々しく口にできないことは、小暮も承知していた。

「構わんよ」

「いかがいたしますか」とうかがう小暮の眼差しに、小澤は即断した。

「もちろん、広く口外することはできんが、司令部の皆にはむしろ知っておいてもらう必要がある」

「はっ」

小澤の了承を得て、小暮は土肥に戦略会議の概要を話した。


日本本土が復帰し、アメリカ本土も奪還に動いている。次は我が国だと、イギリスとフランスが主張しているのは周知の事実だった。

それはいい。政府レベル、外相級協議でも互いの本土を取りもどすことは至上命題と確認されており、協調して行動することが公的に約束されている。

しかし、その時期や方法は充分な検討が必要だった。

自由四国同盟は太平洋方面から敵主力を排除することには成功したが、敵全体が弱体化したわけではなかった。

まだまだ敵は強大な戦力を有しており、特に大西洋やヨーロッパ方面は質量ともに豊富な戦力が守りを固めていると予想される。敵本国周辺には精鋭が配置されていると見るべきだ。

そこで、日本とアメリカはヨーロッパ方面での反攻は、アメリカ本国から敵を叩きだしてからと主張していた。

しっかりと足場を固めて戦力を再構築する。そのうえで、着実に敵を押しもどそうという主張である。

幸い、時間の経過は自由同盟軍にとって不利に働くものではない。日本が戻って、アメリカ本土も復帰すれば、これまで四苦八苦してきた戦力の補充という問題も解消できる。

弾薬をはじめとする消耗品の補充はもちろん、代えがきかなかった大型兵装の換装や艦艇の新造と編入も復活させられる。修理と補給が円滑になることは、言うまでもない。

しかし、イギリスとフランスはこの主張にまっこうから対立した。

要約すれば、アメリカの国土は広大で全土回復には時間がかかる。それまで待てないとの主張である。

また、イギリスは次のような軍事的観点から、日米の反論を封じてきた。

「アメリカ本土奪還に必要なのは陸軍戦力であるが、我が大英帝国本土を取りもどすのに必要なのは海軍戦力である。海軍を遊ばせておくことはない」

それにしてもかなりの無理があった。

会議は紛糾し、四国が足並み揃えて行動するのは、またもや困難な状況に陥っていった。

そのなかで、日本政府はイギリス政府の要求を呑んで協力を約束する「政治決着」をつけたのだった。


戦艦『大和』砲術長大川秀一郎中佐は、艦長松田千秋大佐をつうじて欧州遠征の計画を知った。

本土攻防中のアメリカ軍は不参加で、基本的には日英仏三国での作戦遂行となるらしい。

そこまで来るのにも、相当な対立や駆けひきがあったことは想像にかたくない。

しかし、英仏の気持ちもわからないではない。日本を取りもどしてやれやれとなっても、これで終わりではない。一刻も早く祖国を解放したい彼らの気持ちもわかる秀一郎だった。

「家族や恋人が心配なのは当然だからな」

妻がいて子供もいる。家庭を持つ秀一郎だからこその理解だった。

「また当面会えそうもない、ご免な」

秀一郎の脳裏を妻と子供の顔がよぎった。

下北半島沖での『武蔵』との砲戦の末、深い傷を負った『大和』は、長期のドック入りを余儀なくされた。

横須賀の海軍工廠に入渠《にゅうきょ》すれば、その郊外に自宅を構える秀一郎も一時帰宅して、家族との再会を果たせる。当初は『大和』も秀一郎も、そのつもりだった。

久々の再会に胸躍らせる秀一郎だったが、それは土壇場でかなわなかった。

ドックそのものはドイツ軍の手から取りもどしたが、ドイツ軍も撤退時にさまざまな破壊工作を仕掛けていった。そのひとつとして、修理していたクレーンの復旧が間にあわなかったのである。

やむなく『大和』は呉海軍工廠に向かった。そちらは幸い、『大和』も入渠可能なまでに復旧しており、『大和』はしばらくそこに厄介になることになった。

松田はそれでも許可を出して一時帰宅を勧めたが、秀一郎は感謝の気持ちを伝えたうえで、丁重にそれを辞退した。

たとえ艦が動けない状態にあろうとも、すべて工廠の者たちに丸投げして遊んでいるわけにはいかない。訓練や戦術研究は、やりようによってはいくらでもできる。砲術長という大役を任されている自分が、長時間艦を離れるわけにはいかないという理由からである。

もちろん、本音をいえば今すぐにでも妻や子供に会いにいきたい。しかし、その前に軍人としての責任がある。

欧州遠征となれば、またしばらく日本には戻れないだろうが、次に帰ってきたときは、きっと戦争が終わっている。

そうなれば、そのときこそなんら遠慮なく、ゆっくり家族と過ごすことができるだろう。そのときまで、またしばしの我慢だと、秀一郎は自分を納得させた。個人としての思いを押し殺し、軍人としての責任と義務を優先した。

それが地位と責任を背負った男の定めだった。

一九四五年一〇月九日　インド洋

太平洋方面にあった日英仏の艦隊は、いっせいにインド洋を西進した。シンガポールからセイロン島へ向かい、アフリカ大陸南東に浮かぶフランス領マダガスカルへ至るルートである。

北アフリカはイギリスが押さえたままで、ジブラルタルにもイギリスの影響が残っている。スペインは中立でドイツ軍は手を出せず、地中海の制海権はもともと自由同盟軍が握っていた。

だからといって、狭い地中海に戦力を集中すると、敵襲を受けたときに逃げ場がなく、思わぬ損害を被る危険性がある。ドイツ軍は占領中のフランスを経由して、航空攻撃や魚雷艇の襲撃ならば、いつでも仕掛けることができるのだ。

こうした配慮から、自由同盟艦隊はアフリカ南端の喜望峰をまわって大西洋へ抜けようと計画していた。

今のところ、ヨーロッパ方面にあるドイツ艦隊が、積極的にアフリカ西岸を南下してくる兆しはない。

しかし、自由同盟艦隊の大西洋進出をドイツ軍が黙って見過ごすはずがない。

自由日本海軍特務少尉大川栄二郎と同飛行兵曹長大川喜三郎の兄弟は、変わらず自由同盟軍独立混成飛行隊の一員として遠征に加わっていた。

激戦地をめぐって達成困難な任務を数多くこなしてきた独立混成飛行隊は、自由同盟軍の間では英雄視されるようになってきており、その母艦であるイギリス空母『イラストリアス』は奇跡の船とも呼ばれている。

だが、そこに長く籍を置く当人たちにとって、だからといって手放しで喜ぶ気にはなれなかった。

「英雄、英雄ってまつりあげて、また無茶な任務を押しつけてくるのはやめてくれよな」

栄二郎はあからさまに顔をしかめた。

敵勢力圏内への単独突入と制空権奪回、敵主力の存在が疑われる空域への単独威力偵察等々、独立混成飛行隊が命じられるのは危険で困難な任務ばかりだった。

もっとも、そうした普通にできない任務だからこそ、日米英仏四軍から選りすぐりのパイロットを集めて独立混成飛行隊が発足したわけだが、栄二郎の顔には「もうたくさんだ」という文字がありありと浮かんでいた。

「別に働きたくない、戦いたくないって言ってるわけじゃないんだから、もう少しまともな任務にしてくれよ。ほんと頼むからさ」

「僕たちは軍人だからね。与えられた任務を忠実に遂行するのが役目だ」

栄二郎の言葉を聞いていた自由イギリス海軍少尉オリバー・スミスが反応した。金髪碧眼――日本人が抱く白人そのもののいでたちである。黒っぽい髪と瞳を持つ栄二郎とは対照的だった。

「さすが優等生って答えだねえ」

「スミス少尉の言うとおり。自分たちに任務を選ぶ権限はありません」

冷ややかな目でスミスを見る栄二郎に、今度はスミスとペアを組むセス・スチュアート少尉候補生がフォローした。

「自分たちは軍人ですので」

青紫色の瞳が涼しげな光を放つ。クールな口調のなかにも、失礼な物言いは許さないという強い意思を感じさせた。

もちろん、そこで引きさがる栄二郎ではない。

「なにもあんたたちと口論するつもりはないけどな」

栄二郎は上目使いでスチュアートの顔を覗いた。いたずらな笑みを見せる。

「あのガ島に、もう一度行きたいかい」

「……あれは、酷かったですね」

一瞬、絶句してからスチュアートがぽつりとこぼす。陥落だ。

たしかに、ガダルカナル島への威力偵察は最悪の任務だった。敵情不明のなか、裸で飛び込まされた栄二郎やスチュアートたちだったが、敵は邀撃の準備万端で待ちかまえていた。

そのなかには、自由同盟軍パイロットを震えあがらせる「黒騎士団」も含まれており、栄二郎らは命からがら逃げかえってきたのである。

スミスとスチュアートの機体もぼろぼろにされて、ＭＩＡ（Missing in Action／作戦行動中行方不明）の一歩手前だった。少しでも運が悪ければ、もうここにはいなかっただろう。

さすがにああいう目には二度と遭いたくないというのが、スチュアートの本音だった。

「まあ、口論するつもりはもともとないから、このへんでやめておこうか。これまで縁あっていっしょに戦ってきたんだ。無駄死にはよそうや」

「なっ」と顔を近づけて同意を求める栄二郎に押されてうなずくスチュアートだったが、スミスは無表情で無言だった。

「ふん」と顔を跳ねあげて栄二郎は続ける。

「ここまで来たら、俺は生きのこるぜ。悪あがきでもなんでもやってやる。死神も撃ちおとしてやるし、藁《わら》にもしがみついてやる。どうだ」

それでもスミスは無感心を装った。

仏頂面の裏には、なにかが隠されているのか。内心ではなにを考えているのか。栄二郎がうかがい知ることはできなかった。

陽は大きく傾いていた。いつのまにか強い昼間の日差しは遠のき、夕日の赤い光が差し込んできている。

「敵、来るよ」

「かあー」

栄二郎は頬を吊りあげて嘆息した。嫌だという思いそのままの渋面が整った顔を台なしにする。

喜三郎得意の直感的予告だ。確度が高いので、予言ではなく予告だと栄二郎は思っている。

しかも、敵襲などの悪いことは百発百中で的中してきた。今度も、まず外れはないだろう。無理なこととはわかっていても、頼むからそんな予告はやめてくれと言いたくなった。

喜三郎はいつものとおり飄々《ひょうひょう》としている。

(あれが本当の平常心、大物だよ。秀才の兄に天才の弟、それに挟まれた俺は立場ねえな)

これだけはどうしようもない、降参だと栄二郎は肩をすくめた。

「それで敵って」

「敵の十八番」

「Uボートか」

スミスに答える喜三郎を栄二郎が補足した。というよりも、うんざりした気持ちが口を衝いて出たという感じだった。

「想定内だな」

スミスは舷窓の外に目を向けた。

「水上艦隊はまだ北方にいるという情報だから、敵の選択肢は当然、Uボートに限られる。アフリカ大陸に敵の航空基地はないからね」

スミスは振りむいた。

「それに喜望峰のような、ほかに航路もない場所は待ち伏せには最適だ。確実に我々を捕捉できる。敵は夜陰に紛れて奇襲を狙うだろうから、時間帯もそろそろということになる」

「ただ、これまで以上に注意が必要。殺気が強く感じられる」

「強い殺気かあ、勘弁してくれ」

喜三郎の警告に、栄二郎はまたもや大きなため息を吐いた。

それから数時間は、なにごともなく過ぎた。その間もずっと喜三郎の予告を「外れろ、外れろ」と念じていた栄二郎だったが、やはり現実は予告どおりだった。

対潜警戒を告げる非常警報に、いったん眠りについた栄二郎は叩きおこされたのである。

とりあえずパイロット待機室に集合する。

対潜戦闘は専門外なので、栄二郎ら戦闘機乗りに出撃命令は出ていない。ただ、他艦は迅速に行動している。

巡洋艦か戦艦あたりから射出された水上機が、低空飛行で『イラストリアス』を追いこしていく。

すでに艦隊の前方では戦闘に突入したようだ。

赤や橙色の光がちらほらと明滅し、くぐもった爆発音が聞こえてくる。

雷跡を避けるために、『イラストリアス』が急速転回することはない。駆逐艦らの護衛の網をかいくぐるUボートはなかったらしい。

発見したUボートの撃沈に成功したのか、海上の喧騒は一五分ほどで鎮まった。

比較的早く封じ込められたらしく、被雷した艦は一隻もない。海上は再び暗闇を取りもどし、艦隊は乱れた陣形を整えなおして進撃を再開する。

「ったく、邪魔しやがって」

警報が解除されて、再び眠りにつこうとするころ、また敵は現れた。

それが二度繰りかえされた。

「くそっ。これじゃ、パナマのときといっしょじゃねえか、馬鹿野郎」

栄二郎は罵声を吐いた。

一年四カ月ほど前のパナマ運河破壊を目的としたクローズド・ゲイト（閉じられた門）作戦遂行中に、自由同盟艦隊はUボートの執拗な接触に遭い、そのつど進撃を滞らせられた。

あのときはそれで作戦の遂行が遅れに遅れ、結局は敵艦隊の戦場到着を許して、艦隊決戦を強いられる羽目に陥った。

今回もまた同じようなことになるのではないかと、栄二郎は訝《いぶか》った。

敵の襲撃は回を追うごとに激しさを増している。初めに現れたUボートは一隻だけで、比較的簡単に対処できたようだが、二回めは二ないし三隻、そして今回はそれ以上いたようだ。

対潜掃討に飛びたった水上機も手こずっているようだし、爆雷を投げ込んでいる駆逐艦も、そうそう簡単にUボートを仕留められていないようだ。

「まずいな」

栄二郎よりも先にスミスが口走った。

「どうも、僕らは敵が張りめぐらせていた網のなかに、まともに入ってしまったらしい」

上層部は、仮にUボートが待ちかまえていたとしても密集隊形で突破をはかったほうが、対潜戦力の集中ができて利点が大きいと判断したようだが、それは結果的には敵を呼びよせることになってしまったのかもしれない。

一〇隻やそこらの艦隊ならばともかく、大型艦だけでそれをしのぐ艦隊はとにかく目立つ。

こうなってくると、艦隊を細切れにして敵の注意を分散させ、各個撃破を試みたほうがよかったのかもしれない。

二度どころか三度となると、もう警報解除も期待できない。こう騒がしいと仮眠すらおぼつかない。

そんな考えでいるうちは、まだましだった。まだこんなのは序の口だった。

やはり喜三郎が感じていた「強い殺気」は、こんなものではなかったのである。

「Ｌｏｏｋ！『インドミタブル』が」

スミスに促されて栄二郎は後方に目を向けた。

「おいおいおい」

夜間で、なおかつ灯火管制を敷いているためにはっきりとは見えないが、なにをし始めているのかは理解できた。

艦載機の射出である。

「艦爆を出すって？」

「しかも、こんな夜に？」

陸上基地での離発着に比べて狭く短く動揺もある空母の場合は、そもそも危険性が高いため、艦載機の夜間出撃はご法度というのが「常識」である。

それをあえて強行しようという理由は、ただひとつ。水上機だけでは手が足りなくなってきたということだ。

そこで、空母に積まれた艦上爆撃機も出して、小型爆弾でのUボート撃沈を狙わざるをえなくなった。

「ようするに、切羽詰まってきたってか」

「ナット・グッド（まずいな）」

栄二郎だけではなく、スミスとスチュアートも外の様子を食い入るようにのぞいていた。

暗闇のなかから突然、駆逐艦が顔を出す。

「な、なんだ？」

「おいおい」

それが波濤を真っ白に蹴立てて突進してくる。

距離が近いので、角ばった立方体形状の主砲シールドが見えた。P級の駆逐艦らしい。開戦前に簡易設計で急造されたクラスである。

「体当たりでもする気かよ」

「血迷ったか」

罵声をぶつける栄二郎らだったが、もちろん事実は異なる。

おもむろに空中になにかが飛んだ……ように見えた。

栄二郎ら艦載機のパイロットたちは知らなかったが、P級駆逐艦の水雷科員が、新兵器ヘッジホッグを使ったのである。

日本式に言えば、投射爆雷とでも呼ぶべきヘッジホッグは、一五〇メートルから二〇〇メートルの範囲に爆雷を投げ込むことができる。

艦尾からただ落とすだけの従来の対潜手段に比べれば攻撃の範囲が広がり、対応も早くなる。

このときヘッジホッグがなければ、『イラストリアス』も危なかったかもしれない。

「むっ」

『イラストリアス』とP級駆逐艦との中間海面が盛りあがり、白く泡だった海水が四方八方に飛びちる。

一発、二発……。

海面下に橙色の光が生じたような気がした。

「こんな近くに」

「イッツ・デインジャラス（危険だ）」

栄二郎とスチュアートが引きつった表情でつぶやいた。

いつのまにか、『イラストリアス』の至近にまでUボートが忍び寄っていた。距離は五〇〇メートルもなかっただろう。

もし雷撃を許していたら、まず避けられない。あのP級駆逐艦がいなかったらと思うと、ぞっとしてそれ以上、声が出なかった。

緊迫の度は増している。

当初の「邪魔者が出た」というような他人事《ひとごと》と考える気持ちは完全に吹きとび、艦と自分の生存が脅かされているという実感と危機感が、各自の胸中を満たしはじめていた。

ふいに前方海上にまばゆい光が差し込み、海面が赤く染まった。やや遅れて腹にこたえる爆発音が轟き、艦がわずかにきしみ音をたてたように感じられた。

反対舷なので目視することはできないが、対潜戦闘にあたっていた駆逐艦が返り討ちにあったか、大型艦が痛撃を浴びた可能性が高い。

敵の攻撃は執拗に続く。『イラストリアス』にも危機が顕在化して襲ってくる。

「みんな、なにかにつかまれ」

飛行隊長アラン・ハンター少佐が注意を促す。艦が急激に傾き、床が滑るように持っていかれるような気がした。

左への遠心力が強まり、足をすくわれる者が何人か出る。艦が右に急回頭しているのだ。

なんのアナウンスもなかったが、それだけ艦長にも余裕がない緊急行動だったのかもしれない。

「あれか」

傾く視線の先を白い雷跡がすり抜けていく。手を伸ばせば届くのではないかと思えるほどの近距離だ。

『イラストリアス』は、かろうじて敵の雷撃をかわしたのである。

至近距離からの雷撃はもちろん怖いが、流れ弾のような魚雷にも気をつけねばならない。戦場が混沌とすればするほど、そうした危険性は増していく。

傾いた艦体を直す間もなく、今度は左回頭に艦が動く。

「おおお」

右に傾斜していた床が、一転して左傾斜に変わっていく。なにかにつかまっていないと、本当に転がりかねない。

『イラストリアス』に乗って二年半あまりになるが、ここまで激しい艦の動きは初めてだ。

基準排水量二万三〇〇〇トンの大艦が、ここまで必死に動かねばならないという状況が事態の深刻さを物語っていた。

再び、どこからか爆発音が届く。海上を伝わってくるということは、十中八九、味方の水上艦がやられたのだ。

航空機と駆逐艦の海空二重攻撃で、これだけ厳重に対処しているにもかかわらず、それをすり抜けてくるUボートが、まだいるというのか。

数もそうだが、Uボートに乗り組む艦長以下、組員たちの敢闘精神や技量も侮りがたいと認めざるをえない。

そこで、ひときわ大きな爆発音が轟いた。

「『ロンドン』?」

「『ロンドン』が!」

「なんだって!?」

見れば前方海上に赤々と燃える炎の塊がある。

背負い式の連装主砲塔二基を前後に、そして直立した二本の煙突を持つ艦容は、重巡洋艦『ロンドン』の特徴だった。

もともとは同型艦と同じ三本の後傾斜煙突を持っていたが、開戦直前の近代化改装で煙突が直立したものの、二本に変更されたので見分けがついた。艦橋構造物も水上偵察機の格納庫を併設されて大型化している。

機銃の弾薬箱か装填待ちの装薬あたりに火が点いたのか、幾度か火球が弾け、そのたびに大小の破片が多量にばら撒かれて、特徴的な艦容が崩れていく。

やがて、直視に耐えないまばゆい閃光が伸びて闇を切り裂き、轟とした火柱が天高く噴きあがって夜空を焼いた。

なにが起きたのかは明らかだ。ついに、主砲弾火薬庫まで火がまわったのである。

「轟沈だ」

誰かがつぶやいた。

艦体をへし折られた『ロンドン』は、艦首と艦尾を立ちあげ、Vの字になって沈んでいく。

甲板上に無造作に堆積していた瓦礫が、ばらばらと海面上に崩れおち、炎と接触した海水が白い水蒸気となってそれらを隠していく。

『ロンドン』といえば、排水量九八五〇トンの重巡だ。Uボートの攻撃は駆逐艦にとどまらず、重巡ほどの大艦も沈めたのである。

由々しき事態だった。

そこで「集合」の声がかかった。ハンターの前に全員が足早に整列する。

ハンターの険しい表情を見るまでもなく、言われることは予想できた。

「出撃する」

（やはり）

栄二郎は胸中でうなずいた。

そこまではいい。問題はその中身だ。

スミスが挙手して質問した。

「戦闘機で対潜戦闘を行うとおっしゃられるのですか」

「疑問はもっともだ」

ハンターはスミスから全員へ目を向けた。

「我々はファイター・パイロットだ。知ってのとおり、戦闘機で潜水艦を沈めることはできない。しかしな」

そこで、ハンターの双眸《そうぼう》が怪しく光った。

「我が隊の性格と任務を思いだしてみるといい」

「まさか」

スチュアートがぴくりと頬を震わせた。

「装備機はタイプ・ゼロ（零式艦上戦闘機）とする。あれには普段、増槽をぶら下げているが、こういうこともあろうかと、代わりに付けられる小型爆弾を用意してある。諸君らには、それを敵潜に叩きつけてきてほしいということだ」

（まただよ）

栄二郎は呆れかえった。許されるものならば、うんざりした顔をして、この場を立ち去りたい気分だった。

これまでも自分たちは過酷な任務に従事してきたが、今度はついに爆撃機乗りの真似までしろときた。しかも、この崖っぷちの局面でぶっつけ本番とは、どうかしている。

こうした気持ちを抱いたのは栄二郎・人だけではなかったらしく、「いきなり」という声がどこからともなく聞こえてきた。

もちろん、全員が出撃するだけの準備も余裕もない。まず出撃するのは六名。栄二郎と喜三郎は当然のように指名された。チャンスをうかがって追加するというが、そのチャンスも訪れるかどうか定かではない。

「困難な任務であることは承知のうえだ。だが、それでもなお諸君らの卓越した技量をもってすれば、その困難を打破できると信じる。

　敵潜を沈められなくてもいい。艦隊が通過するまで、黙らせるだけでいいのだ。必要以上に構えることはない」

　いっきに言い終えて、ハンターは締めくくった。

「出撃！」

　指名された六人が飛行甲板に向かって走りだす。

（仕方ねえなあ）

　栄二郎も足取り重く動く。

　艦載機を格納甲板から上げるチャイムの音が聞こえる。

　敵の攻撃を受けている最中に準備をはじめて、発艦する。これも普通ならばありえない。しかも夜だ。視界は閉ざされ、事故の確率は高い。

　またカタパルトを使い、風向きを無視して無理やりにでも射出するのだろうが、さすがに転舵しながらの発艦は無理だ。

　その間は針路を固定しておかねばならず、「どうぞ狙ってください」と敵に言っているようなものになる。

（運試しのつもりかよ）

　これだけ非常事態や非常手段だらけになってくると、論理的な裏づけも理屈もまったく関係なくなってくる。

　すべてを天に委ねて、その先は神のみぞ知るというようなものである。

　もうやぶれかぶれだと思っているところに、自分の腕を引っぱる者がいる。喜三郎だ。

「栄兄、よかったね」

「よかった？」

言っている意味がわからず、目を白黒させる栄二郎に喜三郎は微笑した。

「じっとしていて、そのままやられるくらいなら、通用するかどうかは別としても、立ちむかっていったほうがましだよね」

たしかにそうだと栄二郎は思った。

エース・パイロットが死ぬときは、結構呆気ないことが多いと聞いたことがある。敵のエース・パイロットと熾烈な戦いの末に、壮絶な最期を遂げるというのはむしろ稀なケースで、地上で事故に遭ったとか病死、さらには輸送機に便乗中に墜落死など、笑えない話があるという。

母艦が撃沈されて巻き添えになるというのも、その類だ。

危険を承知でただ待つことと、不十分かつ不満足な環境ながらも出撃して自分の手に生死を委ねることのどちらを選ぶかとなれば、答えは決まっている。

「栄兄、前に言っていたでしょ。どうせ死ぬなら空の上がいいって」

「ああ、お前の言うとおりだ」

栄二郎はウインクした。

「座して死を待つより、動くべきだな。ただな、ひとつだけ間違っているぞ」

今度は喜三郎が目を白黒させる番だった。

「俺は死なんぞ。そうそう簡単に死んでたまるかって」

栄二郎は不敵に口端を吊りあげた。


栄二郎ら六機は、混沌とする戦場にばたばたとあがった。

実戦では初めての夜間発艦だったが、こうした緊急事態を想定した訓練も行っていたため、事故もなく発艦作業はスムーズに終えることができた。

母艦の『イラストリアス』も雷撃を受けることなく、白い航跡を曳きつづけている。

「さて」

栄二郎は戦場を見おろした。相手が潜水艦のため、いきなり対空砲弾が炸裂したりする可能性がないのはいいが、爆弾をもっていてもそれをぶつける相手が見つからなければ動きようがない。

索敵手段は目視のみだが、この状況で浮上している馬鹿なUボートがいるはずもない。潜望鏡をこっそり上げて、海面直下で雷撃の機会をうかがっているはずだ。

視力には自信があるが、その潜望鏡を夜間に目視で見つけようというのは、さすがに無理だ。

白い雷跡ならば見つけられるかもしれないが、できれば雷撃前のUボートを沈めたい。

飛行隊長からは、ソナーを使って潜水艦の出す音を追跡している駆逐艦と共闘するか、あるいは引きあげずに残っている水上機を頼るように指示されている。

一部の水上機には磁気探知器なるものが搭載されており、浅深度に潜んでいるUボートを見つけられるらしい。水上機には誘導役としての支援を仰いでいるという話だったが……その水上機も見あたらない。

零戦には機上レーダーがあるわけでもないので、これも自分の目だけが頼りとなる。この暗闇のなかで航空機を目視で見つけるのも、そうそう簡単ではなかった。

「どうせなら、人が手をつけていない獲物を狙いたいよなあ、喜三郎」

喜三郎の返答を待たずに栄二郎は続ける。

「駆逐艦は自分でUボートを沈められるんだから、そこから漏れている奴を狙おうぜ。攻撃を終えて案内役に徹している水上機がいるだろうから」

「わかった、栄兄」

栄二郎と喜三郎は連れだって旋回した。

低空飛行では視野が狭いと、高度をいったん上げてみたが、遠くなってますます見えなくなるだけだった。

再び低空飛行に戻って、試しに海面を機銃掃射してみる。

反応はなにもない。敵潜をあぶりだせればという思惑だったが、そうそううまくいかないようだ。

「栄兄、思いきって艦隊外周から大きく出たほうがいいと思う。近くなら駆逐艦に任せられる」

「そうだな」

喜三郎の意見に栄二郎は同意した。

Uボートの数の多さと、艦隊内部に入り込まれたことで、少なからず動揺していたようだ。

たしかに近くに潜伏しているUボートは、駆逐艦に任せたほうが効率的だ。自分たちは行動範囲の広さと速さを生かして、さらに寄ってこようとする新手を振りはらうのが理想である。

(と、なればだ)

栄二郎は思考をめぐらせた。海兵出の兄に比べて出来が悪いと自称している栄二郎だが、実は頭の回転はけっして悪くない。

喜三郎のような天才的な閃きや直感力はないかもしれないが、努力と経験に裏打ちされた思考と判断は、一流と呼ぶにふさわしいものだった。

だからこそ、栄二郎は同盟内でも一目置かれるエース・パイロットなのである。

敵にとっては背後を衝くというのが理想だろうが、海中では這うような速力しか出せないUボートが後ろにまわるのは難しいはずだ。

かといって、水上航走に切り替える無謀な艦長もいないだろうが、仮にそうした意表を衝く行動に出たとしても、それはたちどころに味方の駆逐艦が対処してくれるだろう。

また、艦隊前方はもともと警戒が厳重だし、自分たちもそれなりに防御態勢を整えている。

(狙ってくるのは側面だな)

栄二郎はあたりをつけた。

さらに右か左か、すなわち北か南かとなると……。

「南だ」

それが栄二郎が出した結論だった。北側は大陸が控えており、狭く行動に制約がかかるうえ、水深が浅くて隠れにくく暗礁の点在も予想される。

南側は相対的に海域が広く、水深も深くて自由に動ける。敵からすれば、南側が好条件であるのは間違いない。

あえて北側から奇襲をかけようという猛者《もさ》もいるかもしれないが、今はそうした希少リスクの根絶を追うよりも、より確率の高い危険を排除すべきと栄二郎は考えた。

「南だ。左旋回」

「わかった」

栄二郎と喜三郎の零戦二機は機体を斜めにしながら、ゆっくりと旋回した。一応、重量物をぶら下げているので、無理な動きは避ける。

そもそも空戦ではないので、派手な操作も必要ない。

時と場合によって、的確に操縦の仕方も切り替えられるのが、エース・パイロットとしての資質である。

(いない)

最外部と思われる艦の頭上を越えても、それらしき痕跡は見あたらない。

そうそう簡単に見つかるはずもないと思いつつ、やや足を伸ばす。

艦隊は当然、灯火管制を敷いているので明かりはないが、時折見えていた発砲の光も薄れていく。付近を行き来するがなんの感触もなかった。

「外れか。なにごともないならば、それはそれでいいの（だがな）」

栄二郎のつぶやきは、喜三郎の叫びによって遮られた。

「栄兄、左前方！」

「……む！」

よく見ないとわからなかったが、なにもないはずの暗い海上に弱々しい光が灯っていた。

小さな蛍が風に流されるように飛んでいるかのようだった。

「いくぞ！」

この目で確かめるまでだと接近する。

「蛍」は同じ空域を繰りかえしまわっているように見える。海上のものではない。間違いなく空中の光だ。

近づいても光が強まる印象はない。だが、信じていくだけだ。

「水上機！」

「水上機！」

栄二郎と喜三郎は、ほぼ同時に叫んだ。

弱々しい光は、水上機のパイロットがなんとかUボートの存在を味方に知らせようとしていたものだった。

旋回しながら見おろす海面下には、Uボートがいるはずだ。

「作戦どおりだね、栄兄」

「ああ」

艦隊に忍びよったつもりのUボートを、水上機の磁気探知器が捉えた。すでに爆弾を使いはたしていた水上機は自分たちの眼となり、代わりに攻撃は自分たちが行う。

出撃前の指示が、ここにきてようやく実現した。

華奢《きゃしゃ》な零戦には急降下爆撃という芸当は無理だ。ただ、だからといって水平飛行のまま爆弾を投下するよりは、なるべく角度をつけて落としたほうが、狙った場所に落としやすい。

いったん高度を上げて、ゆっくりと浅い角度で降下する。緩降下爆撃と呼ばれる手法だ。

「いくぞ、喜三郎！」

「ちょっと待って、栄兄」

「ととっ」

いざ爆撃と意気込んだところで、喜三郎が急ブレーキをかけた。

機体はすでに降下を始めている。主翼が風を切る音が耳を衝き、高まる風圧が風防を締めつける。

ここでやっぱりやめてくれなどと急上昇をかけたら、機体は空中分解しかねない。

「初めは機銃掃射だけにして。わけは後で話す」

「わかった」

余計な言葉を交わしている余裕はない。会話はそれだけだった。喜三郎なりの確信があってのことだろうと、栄二郎も信頼する。喜三郎お得意の天才的閃きである。

機銃は？　目標が艦船であることを考慮して、口径七・七ミリではなく二〇ミリを選択する。

照準などあったものではないので、おおよその海面にありったけの銃弾を突き込むイメージである。

「いけえ！」

栄二郎はスロットルレバーの脇に併設された機銃の発射レバーを握った。もとをたどると、操縦桿に併設されていた発射ボタンが、操縦に集中できない、誤射してしまうなどのパイロットの不評を受けて移設されたものである。

両翼の前縁が閃き、太い火箭が噴きのびる。

連なった真っ赤な礫《つぶて》は、暗幕と化した海面のなかに吸い込まれるようにして消える。

月も星も隠れた暗夜に変わりはない。海面をはっきりと視認することはできないので、無理は厳禁だ。欲張った挙句に海面に激突して戦死では、笑い話にもならない。

引きおこしをかけつつ、その間も機銃の発射レバーを握りつづける。弾痕は海面上を、前に走る格好になる。

喜三郎はあえてそれをなぞらずに海面を掃射する。

それらしき海面を、揃って一航過して高度を上げる。振りかえるが、特に変化らしい変化はない。

相変わらず、海面は墨汁を流し込んだように漆黒で、Uボートの痕跡どころか、ちぎれる波濤や波の凹凸すらないように見えたのだが……。

機体を緩やかにひねったところで、なにかが網膜を刺激したような気がした。

まばたきを我慢して海面方向を見つめる。

動いた!

たしかに、そうだった。

墨一色で塗りつぶされていた海面が揺らぎ、気泡か飛沫か、かすかに白っぽいミストが散った。

そこからは急展開だった。

海面が大きく盛りあがり、滝のように崩れた海水が周囲に波紋を広げていく。

海面を割って姿を現したのは、巨大なUボートだった。水上艦として見れば、むしろ小型の部類に入る大きさなのかもしれないが、航空機と比較して、さらになにもない暗闇の向こうから忽然と現れたことで、実際以上に大きく見えた。

「そうか」

ここで栄二郎は喜三郎の意図を悟った。

海面下の不明瞭な目標に対して、いきなり不慣れな爆撃を敢行しても成功する確率は低い。目標が大きければ大きいほど、その可能性は高くなる。

そこで喜三郎は、銃撃でまずUボートに傷を負わせて、浮上させようと考えたのである。

果たして、船殻に孔をあけられたUボートは、潜航不能となってあぶりだされてきた。

目標としては申しぶんない大きさだ。

「でかしたぞ、喜三郎」

「狙いどおりだよ、栄兄。しっかり仕留めよう」

「おう」

距離と高度を調整する。遠くてはもちろん駄目だが、近すぎても投弾できない。ましてや、巻き添えなどまっぴらご免だ。

降下角度は深いほうが命中率は高くなるが、無理することはない。そのための環境は整えてある。

「おっと。余計なことはやめてもらおうか」

司令塔上部のハッチを開けかけるのを、機銃掃射で黙らせる。

Uボートは機銃一挺程度を自衛用に外部装備しているのが普通だが、ここで反撃など食らっては厄介だ。

「いいぞ。そのまま、そのまま……よおーし、てっ」

栄二郎は投下索を引いた。

鈍い音を残して、小型の航空爆弾が自由落下に転じる。機首を上げ、目標のUボート上空をすり抜ける。

「よおし！」

振りかえった先に炎があがるのが見えた。

栄二郎が投下した爆弾は、目標手前の海面で一度跳ねてから外殻に当たったのだった。

厳密に言えば「外れ」であり、本職の者たちならばもっとうまく命中させたかもしれないが、必要とされるだけの効果をあげたことには違いなかった。

そして、喜三郎が投下した爆弾も目標を捉えた。

「やった」

上空から目標を見おろして栄二郎はつぶやいた。

目標は完全に停止している。炎の赤い光を反射した艦体が、海面を泡立てながら傾いていく。

栄二郎と喜三郎は初の「爆撃」で、見事に目標のUボートを撃沈したのだった。

Uボートが向かおうとした先を、味方の水上艦艇が次々と足早に通過していく。

Uボートが健在であれば、そのなかの何隻かは雷撃で沈められたかもしれない。

欧州反攻を目指して、はるばる太平洋からインド洋を横断してきた艦船が失われるというのは、これまで以上に痛手である。

その意味でも大きな戦果だった。

駆逐隊の対潜戦闘は続いているが、戦況は掃討段階に入ったようだ。目に見える雷跡や急速転舵する艦もないようだ。

艦隊は乱された陣形を整えなおしつつ、速力をあげて大西洋側へ抜けていく。

「勝った」

栄二郎は操縦桿を握る拳に力を込めた。自分たちは喜望峰沖に張られていたUボートの濃密な網を突きやぶった。

この先は、いよいよ大西洋になる。アフリカ大陸西岸の大西洋を北上すれば、最終目的地の欧州に到達できる。

先が見えたという段階には、まだほど遠いこともわかっていたが、着実に進んでいるのもまた事実だった。

(戦局は大きく動いている。自分たち有利に!)

栄二郎はこげ茶色の瞳を閃かせた。

「栄兄、もう少し哨戒を続けたほうがいいだろうね」

「ああ、そうしようか」

喜三郎の声にも張りがあった。思いは自分と同じなのかもしれない。

爆発の閃光や赤い炎の揺らめきが薄れ、海上はもとの闇を取りもどしていく。

戦場は、また新たな場所へ移りつつあった。

第4章　約束の地

一九四五年一〇月一六日　ベルデ岬諸島沖

アフリカ西端の沖合は荒れていた。

対空識別のための鉤十字を大きく描いた錨甲板は波浪に洗われている。風もまた強く、ちぎれた波濤が強風にのって吹きつけるため、降雨はないが艦上は濡れていた。

うねりも混じる高波は容赦なく舷側を叩き、砕けちった海水が白い水飛沫となって拡散していく。

そうした荒天下にありながらも、基準排水量五万トンを超える大艦は、平然と南下を続けていた。

その艦上に、天候以上に強烈な感情を煮えたぎらせている男がいた。戦艦『ウルリヒ・フォン・フッテン』砲術長ライリー・ワード中佐である。

プライドの高いワードは、本来は功名心や自己顕示欲で動く男だったが、今のワードを突きうごかしているのは強い復讐心だった。

戦艦『ヤマト』とそれを動かしている者たちへの復讐――それが、ワードが戦う主たる意義となっていた。

ソロモン海域で、戦力的には圧倒的優位にありながらも仕留めることができなかったばかりか、常勝不敗を自認していた自分に土をつけ、結果的にはアーリア人の生存圏拡大――第三帝国の侵略に待ったをかけた。

『ヤマト』はワードの自尊心をずたずたに引き裂

き、耐えがたい屈辱を与えた不倶戴天の敵となっていたのである。

さらに、ワードが『ウルリヒ・フォン・フッテン』というドイツ海軍最大最強の戦艦をもってパナマ沖で再び挑むも、僚艦『フリードリヒ・デア・グロッセ』が沈むのを目の当たりにさせられただけだった。

また、このパナマ沖での海戦に敗れたことによって、ドイツ軍は太平洋全域からの撤退を余儀なくされた。

飛ぶ鳥を落とす勢いで進撃を繰りかえしてきたドイツ軍の勢いは完全に削がれ、停滞を超えて衰退へと向かわされたことになる。

『ヤマト』の存在によって、心酔するドイツ第三帝国総統アドルフ・ヒトラーが掲げ、同時にワードの夢ともなっていた千年帝国樹立に黄信号が灯されたのである。

次こそは『ヤマト』を沈める。たまりにたまった鬱憤を晴らし、おおいに溜飲を下げる。その思いを日々かきたてながら、ワードは復讐の炎を燃やしつづけてきた。

その炎の勢いは日増しに高まり、ワードは赤色の瞳をさらに赤々と燃やしていた。

そして、再戦と復讐の機会を欲していたワードに「朗報」がもたらされた。自由同盟軍の大規模な艦隊が太平洋方面を発し、インド洋を横断してきたという。

その目的がイギリスとフランスの本国奪還にあることは言うまでもないが、ワードにとってより重要なのは、そのなかに『ヤマト』が含まれていることだった。

複数のUボートとマダガスカルに潜伏していたスパイが目撃していることから、その情報はたしかである。

自由同盟艦隊の大西洋進出を阻止すべく、喜望峰沖で敢行された潜水艦隊による大規模な邀撃戦は失敗に終わったらしいが、ワードに落胆はなかった。むしろ、「そんなところで挫けてもらっては困る。向かってこい。そして俺と撃ちあえ」と願うワードであった。

『ヤマト』と撃ちあい、『ヤマト』を沈める。それができなければ、戦う意義も半減する。

もちろん、簡単ではないことは理解している。『ヤマト』は強敵だ。『ヤマト』の主砲は口径四二センチから四六センチと予想されており、それを三連装砲塔に収めて三基計九門搭載している。四〇・六センチ連装砲四基八門の『ウルリヒ・フォン・フッテン』から見て口径、門数とも上まわる。

現にパナマ沖では、同型艦『フリードリヒ・デア・グロッセ』が『ヤマト』と一対一で撃ちあった末に沈められている。

できれば一対一の砲戦で撃ち勝ちたいところだが、『ヤマト』を沈めるためであれば、他艦と協同でもやむをえない。

ワードも手段を選んでいては勝てない相手だと、メンツやプライドを捨てさる覚悟ができていた。

自覚はなく、認めたくもなかったが、この戦争でワードはまがりなりにも変わった。成長していたのである。

その協同作業の相手は、一〇〇〇メートルほど先に背中を見せている。

本国艦隊の旗艦で、もっとも新しい戦艦『ゲッツ・フォン・ベルリヒンゲン』である。フリードリヒ・デア・グロッセ級戦艦の三番艦だ。

太平洋艦隊が事実上、解隊に追い込まれた今、『ウルリヒ・フォン・フッテン』は本国艦隊の一員として『ゲッツ・フォン・ベルリヒンゲン』とともに行動していた。

パナマ沖では当時の艦隊司令官エーリッヒ・バイ中将が、個別に目標を割りふったために『フリードリヒ・デア・グロッセ』が沈み、『ウルリヒ・フォン・フッテン』は『ヤマト』と撃ちあう機会すら得られなかった。

次の機会はこの戦訓を生かして、『ゲッツ・フォン・ベルリヒンゲン』と『ウルリヒ・フォン・フッテン』の二隻で『ヤマト』に集中砲火を浴びせることが確認されている。

もちろん、戦場ではなにが起こるかわからない。天候のいたずらでまったく予期しないことが起こることもしばしばあるし、偶然が偶然を呼んで、当初の予想とはまったく違った結果になった事例も少なくない。

敵の水雷戦隊や艦載航空隊の力も侮れず、自分たちの思惑どおりに事が進むとは限らない。

だが、どんな展開や状況になろうとも、自分のやることは変わらないとワードは考えていた。

陸上の肉弾戦と違って、最後の一人になろうとも、どんなに傷つこうともと、個人の意思で決められることではないが、自分の権限がおよぶうちは最後の最後まで『ヤマト』と戦う。

自分が負傷しても、意識のあるうちは指揮を執りつづける。そのように意思を固めていた。

いかなる状況になろうとも、ワードの復讐心は不変だった。それは仮に肉体が滅んだとしても、生きつづけるほど強まっていたのかもしれない。

鉤十字の艦隊は南下しつづけた。会敵のときは、刻一刻と近づいていた。

一〇月一八日　ベルデ岬諸島沖

空襲を告げる警報に誰もが耳を疑った。

「空襲だって？」

「嘘だろう？」

皆それぞれ首をかしげたり、唖然として口を半開きにしたりするものの、事実は変わらない。

「誤報じゃないのか」

警報はそんな声をかき消して、早朝の冷気をかき乱す。

まだ夜も明けきらない時間帯ということに加えて、艦隊は敵偵察機の触接も受けていない。

さらに、艦隊は陸地から一〇〇〇海里も離れた沖合を航行していたのである。

アフリカ大陸にドイツ軍の航空基地が存在するという情報はないものの、足の長い陸上機による空襲を避けようという念入りの措置だった。

それなのに……である。

自由日本海軍特務少尉大川栄二郎と同飛行兵曹長大川喜三郎の兄弟が所属する独立混成飛行隊、およびその母艦である『イラストリアス』は「当事者」だった。

今回、自由同盟艦隊は戦艦主体の第一群と空母主体の第二群、大きく艦隊を二つに分けて運用している。

第二群は第一群の二〇〇海里前方を先行していたが、敵はそこを衝いてきたのである。

「ここは、もう敵地だろうからね」

搭乗員控え室に響いた喜三郎の言葉は重かった。

そう、ここは敵地なのである。

敵が手ぐすね引いて待ちかまえるなかに、自分たちは飛び込んできた。どこに敵の目が潜んでいるかわからず、いつ敵が牙を剥いて襲ってきてもおかしくはない。

「Uボートだろうな」

栄二郎がつぶやくまでもなく、多くの者がそう考えていた。

敵の偵察機はいない。もちろん、敵艦の姿もない。となれば、消去法でいっても考えられるのはUボートということになる。

海中に潜んでいたUボートに、自分たちはいつのまにか発見されていた。あるいは、ずっと南から触接されつづけていたのかもしれない。

このことからも、ここが「敵地」であることを思わせた。

「艦載機だろうな」

イギリス海軍少尉オリバー・スミスが舷窓の外へ目を向けた。

洋上遠くで空襲となれば、艦載機という答えしかない。敵の空母はこれまで戦闘機ばかりを積んで直衛専任艦のような役割を果たしてきたが、戦術転換したということだろうか。

そうなれば、自分たちも空に上がって敵機を追いはらいたいところだが、もうその時間はない。

あらかじめ直衛についていた同僚と艦長の操艦に頼るほかない。

「スツーカだ！」

あまりにも著名な敵小型単発機が姿を現した。正面からはW字に見える逆ガル翼と、その下に付いた固定脚、角ばった複座のコクピットなどを持つ機は、ドイツ軍の電撃戦を支えたユンカースJu87スツーカ急降下爆撃機である。

現れたのは主翼に折りたたみ機構を追加し、着艦フックを取りつけるとともに、各部を補強した艦載型のC型だった。

ジェリコのラッパと呼ばれる独特のダイブ・ブレーキ音を轟かせて、Ju87が急降下していく。一説によると、敵の恐怖感を煽るため、音そのものを発するサイレンを取りつけているらしいが、たしかにうなずける派手な音だ。

ポーランド兵やフランス兵は、この音を聞きながら敗走したのだろうが、自分たちは退きさがるわけにはいかない。

「よし！」

最初に急降下を始めたＪｕ87の横合いを、直衛のシー・ファイアが衝いた。

勢いがつきかけたところに銃撃を浴びたＪｕ87は片翼をもぎとられて、くるくると木の葉のように墜落していく。

歓声が待機室内を満たした。

直衛隊と敵戦闘機の空戦もすでに始まっている。

一撃離脱を狙うメッサーシュミットＢｆ１０９Ｔに対して、シー・ファイアは自分が有利な格闘戦に引きずり込もうとする。

薄紫色の空に白い幾何学模様がいくつも描かれ、発砲の火花が散り、橙色の火箭《かせん》が飛びかう。

もちろん、直衛機にとっては敵戦闘機との空戦よりも、爆撃阻止のほうが優先である。

幸い雷撃機の姿はなかった。

急降下爆撃を狙うＪｕ87に次々とシー・ファイアが取りつくが、機数が少ないためにすべてを阻止するには至らない。

シー・ファイアの邀撃網をすり抜けたＪｕ87が、ジェリコのラッパを響かせてダイブする。

僚艦『インドミタブル』や日本空母『瑞鶴』の周囲に、外れ弾があげる水柱が見えはじめる。

そして、『イラストリアス』にもＪｕ87は襲ってきた。

「おお」

左に急速転舵していく艦の動きに伴い、身体が右に振られていく。かなりの遠心力で、それだけ艦が限界いっぱいで動いていることを思わせた。

両耳をこするジェリコのラッパが、極大に達してから遠のく。

「来るか」と身構えたが、頭上から響く衝撃はなかった。どうやら敵の投弾は外れたらしいが、すでに艦は次の動きに移っている。

今度は逆方向の右に艦首を振って、S字を描くように回避をはかる。Ju87は複数、向かってきたらしい。

ジェリコのラッパが多重奏となって轟く。それ以外の音はほとんどかき消されるほどの音量で、こうなるとかなりの圧迫感を禁じえない。

ポーランド兵やフランス兵が恐怖したのも、うなずける。ソロモン海域でユンカースJu88の空襲を受けたときよりも、威圧感がある。

黒い影が飛びさり、至近弾炸裂の衝撃が足下から伝わる。海面が盛大に弾け、巨大な水塊が舷側を蹴り、甲板にのしあげる。

時計まわりに弧を描きつづける艦上を、黒い影がひとつふたつとよぎっていく。

なんとかなったか。直衛機の善戦と艦長の操艦で爆撃をかわしきったか。艦はこのまま無事に……。

そんな淡い期待は瞬時に砕かれた。脳天から足下へ衝撃が突きぬけ、視野が二重三重にぶれる。

「直撃!?」

「食らった」

『イラストリアス』が直撃弾を受けたことは明らかだった。見あげる先の天井から塗料がはがれ落ち、塵埃《じんあい》が舞う。

飛行甲板を破壊されれば、空母は空母たる本質――艦載機の発着艦能力を失ってしまう。また、火災が発生すれば艦載機への延焼や航空燃料の引火、爆発という厄介な事態へも発展しかねない。

不安にかられて表情をこわばらせる者も何人かいたものの、「大丈夫」と言いはなった者がいた。

喜三郎だ。

「この程度の爆撃だったら、この艦は平気。なんら問題ない」

そのとおりだった。

損害復旧のために乗組員が走っていったり、艦の奥深くから爆発の轟音や衝撃が伝わってきたりすることもなかった。

喜三郎の言うとおり、『イラストリアス』の装甲飛行甲板はＪｕ87が投弾した五〇〇キログラム爆弾の命中、炸裂を耐えぬいていた。

同型艦『インドミタブル』『フォーミダブル』もほぼ無傷でのりきり、日本空母に若干の損害を受けながらも、自由同盟艦隊第二群は敵の空襲をしのぐことができた。

そして、敵艦載機が引きあげて早々に待望の敵艦隊発見の報告が入った。

今度はやり返す番である。

敵艦隊上空へ到達するまでは、一時間とかからなかった。

戦艦らしき大型艦が二隻と、明らかにほかの艦とは異なる平板の艦容の空母が二隻見える。

間違いなく空襲をかけてきた艦隊だろう。

引きあげていった艦載機隊の姿はない。収容が完全にすんだとは思えず、もしかしたらこちらの空襲を見越して、空中退避しているのかもしれない。

「こんな近くにいたとはな」

索敵隊の失態は明らかだったが、今はそれを責めるときではない。空襲を成功させるのが先決だ。

栄二郎と喜三郎の大川兄弟ら独立混成飛行隊は今回、爆撃隊の護衛任務を割りあてられていた。急降下爆撃を担う日本の九九式艦上爆撃機を狙ってくる敵機を追いはらうのが役目となる。

航続距離が短いドイツ軍機が空襲をかけてきたことで、装備機は速力と武装を優先したシー・ファイアになっている。

扇形をした大面積の主翼が朝日を浴びて輝く。

（どうせなら自由に戦いたかったがな）

栄二郎は軽く嘆息した。

爆撃機や雷撃機の護衛となると、敵戦闘機と自由奔放に戦うことはできない。護衛対象とつかず離れずの距離を保って、近づいてくる敵戦闘機を追いかえす作業を繰りかえすことになる。

性に合わないような気はしたが、自分に任務を選ぶ権限はない。諦めるしかない。

優等生的に言えば、「与えられたところで、与えられた任務をこなすのが軍人の本分」となるのだろうが、それこそますます性に合わない栄二郎だった。

（まあ、抗命罪で銃殺されても困るし、まわりに迷惑かけるのは論外だからな）

常に不満だらけでも、きっちりと仕事をこなすのが栄二郎である。見方を変えれば、不満は問題意識の表れとなる。

唯々諾々と従うだけで成果不十分の者より、よほどいい。

「喜三郎、九九艦爆には指一本触れさせるなよ」

「わかってるって」

（俺にできないことはねえ。この言葉、そのまま実現させてやるよ）

栄二郎の目は、その時点で近づいてくる敵を捉えていた。下からＢｆ１０９らしき敵機が突きあげてくる。

鼻先が絞り込まれた単発機が五、六機といったところか。

前方に展開していた飛行隊長アラン・ハンター少佐機らが向かうのを見て、栄二郎は自重した。本音を言えば、まっさきに飛び込んで仕掛けたかったが、ここは任務の性格を優先しての判断だ。

案の定、隊長機らを突破して向かってくる敵機がある。

「喜三郎、九九艦爆のそばから離れるな」

「わかった」

喜三郎を残して迎撃する。一機め、これは鼻先に七・七ミリの弾幕を張ったことで、諦めて去っていく。

しかし、二機めは多少骨のある相手のようだ。一直線に上がってくるのではなく、うまく栄二郎の狙いを外すよう不規則にコース変更しながら上昇してくる。栄二郎の銃撃が空を切っている間に、脇をすり抜けられる。

「ちっ」

舌打ちする栄二郎だったが動じることはない。新たな銃撃音が背中を叩いた。

喜三郎だ。

このために栄二郎は喜三郎を待機させておき、自分は必要以上に一機を追いまわさないですむよう戦術を組みたてていた。

旋回して振りむいたところで、喜三郎がその敵機を追いはらうのが見えた。

喜三郎も無理に撃墜を狙うのではなく、九九艦爆への銃撃阻止を優先したことがよくわかった。九九艦爆の前面に盾のように居座って、敵機そのものではなく敵機を射点につかせないように銃撃したようだった。

苦しまぎれに放った敵の銃弾は、見当外れの空域を貫いて終わっている。

(それでいい)

栄二郎も定位置に戻る。

九九艦爆は二名の乗員が背中合わせに座るように設計されているが、その後部搭乗員と目が合ったような気がした。

「頼むぞ」「任せろ」、そんな無言の会話を交わして、互いにうなずく。

ただ、敵とすればそれではすまないだろう。第二波、第三波がやってくる。

いつのまにか敵の機数が増えている気がする。もしかすると、空中待機していた空襲帰りの戦闘機が援軍に混ざったのかもしれない。

栄二郎が護衛しているのとは別の艦爆隊だが、墜落していく機がいくつか見られる。機首から炎上して火の玉のようになって落下していく機があれば、黒煙を曳きながらよろよろと空中をさまよう機もある。

敵も策を講じてくる。簡単なのは同時多方向からの攻撃だ。

いかに凄腕のエース・パイロットでも、二機を同時に相手取ることはできない。

ここは喜三郎だけでなく、僚機との協同作業が欠かせなくなってくる。

攻撃目標の重複を極力避けるようにして戦う。旋回しながら一機、また一機と、七・七ミリと二〇ミリの銃弾を散らして敵戦闘機を追いはらう。

だが、敵も必死だ。あっさりと諦める機は少なく、残りが食らいついてくる。

衝突せんばかりの至近距離ですれ違うたびに轟音が耳を聾し、風圧が機体を煽る。

「栄兄、後ろ！」

喜三郎の声に栄二郎は振りむいた。

シー・ファイアは後方視界が悪いため、機体を縦ぎみにして大きく首をひねる。

「このお」

追いはらった敵機が、いち早く戻ろうとしている。二機、そして後ろに、もう一機。

緊急を要するため、喜三郎がいち早く対応する。自分も遅れるわけにはいかない。操縦桿を引いたまま背面飛行に移って、スロットルを開く。

牽制の銃撃を入れると、一機の注意がこちらを向いた。それだけでも価値がある。

今の自分の任務は、敵を落とすことよりも味方が落とされないようにすることだ。多少の不満を持ちながらも、栄二郎は自分のやるべきことを心得ていた。

Ｂｆ１０９の角張った風防が拡大する。それを栄二郎は機体を半回転させつつ、上昇していなした。そのままループをかけて急降下に転じる。

華奢な零戦ではなかなか厳しい負荷だったかもしれないが、シー・ファイアは栄二郎の難しい要求によく応えた。

急激な機動の変化にも、低翼式の主翼やフラップ、大きめの垂直尾翼らが異常をきたすことはなかった。

いなした相手は、目の前にはいなかった。二重瞼の先に伸びる長いまつ毛が上下する。


栄二郎の視線は、さらにその先を向いていた。

そこには、九九艦爆にとりつこうとする別の敵機があった。同時に撃墜することは無理でも、栄二郎は同時に二機を相手取ることを実現したのである。

それで艦爆隊の危険が最小化されていくであろうことは言うまでもない。

「もらった！」

栄二郎は完全な奇襲に成功した。敵のお株を奪う上空からの不意を衝く一撃だった。二〇ミリの太い火箭が敵機の右主翼に突きささった。

グレーの濃淡による迷彩を施した外鈑に大穴をいくつも穿つ。敵機はそのまま飛びつづけたが、すぐに限界がやってきた。空気抵抗に耐えられなくなった破損箇所が亀裂を拡げ、敵機の右主翼は鈍い音をたててちぎれ飛んだ。

急降下ですり抜けた栄二郎機の背後で、空力バランスを失った敵機が、ロールしながら墜落していく。

撃墜を喜んでいる暇はない。定位置に戻ろうとしたところで、別の敵機が追ってくる。様子からして、一度いなした敵機のようだ。

意気込んできたところを、あっさりとスルーされて苛立っていたところに、さらに僚機を撃墜されたことで、パイロットは怒りくるっているかもしれない。

限界を超えたような速度と機動で、背後に割り込んでくる。パイロットの怒気が機体から発散されているかのようだ。

（ふん）

栄二郎は鼻を鳴らした。

シー・ファイアはＢｆ１０９Ｔより優速だ。速度競争になっても追いつかれる心配はない。

それ以前に運動性能の差は歴然としている。急旋回をかけるだけで、敵はついてこられないだろう。

だが、あえて栄二郎は敵を食いつかせた。背後につくのを確認しつつ、速度と針路を調整する。

銃撃音が聞こえた。栄二郎はわざと回避行動をとらなかったが、敵弾の軌跡は勝手に右に逸れていく。

栄二郎は直進飛行しているとみせかけておいて、左側にわずかにスライドをかけながら飛行していたのである。

敵がそれに気づいて修正をかける頃合いを見はからって、操縦桿をおもむろに左に倒した。右の主翼が跳ねあがり、顔の右に空が、左に海がくる。

敵弾は栄二郎機の腹の下をかすめていく。

続いて、右に切りかえそうと思ったところで、爆発音が機体を震わせた。大気を揺さぶった衝撃が、ジュラルミンとガラス越しに身体に伝わってくる。

「よーし。よくやった、喜三郎」

栄二郎はこれを狙っていたのだった。

自分を撃墜しようと敵の視野を狭めておいて、そこを喜三郎に狙わせる。その作戦がまんまとはまったのである。

敵の銃撃を軽くあしらい、敵パイロットの頭に血を昇らせた効果も抜群だったに違いない。

こうして敵機を退けているうちに、どうやら爆撃隊は目的の空域に達したらしい。九九艦爆が次々と機首を下げ、身を躍らせていく。

初めて見るわけではないが、あらためて本職の者たちは違うと思う。折れまがったと錯覚するような角度で、ほとんど垂直に突っ込んでいく。

自分も喜望峰沖で敵潜への爆撃を敢行したこともあるが、比較にならない鋭さである。

目標は戦艦だ。

撃ちあげられる高角砲弾が、そこかしこに黒い花を咲かせるが、艦爆隊の隊員たちは臆せずに飛び込んでいく。

途中で機銃の火箭に僚機が捉えられようとも、動じることなしに一機、二機とその穴を埋めるように続いていく。

一番機と二番機の投弾は惜しくも外れて、水塊をぶちまけるだけに終わるが、それを見て修正をかけた三番機以降に命中の閃光が連続する。

炎が湧き、破壊された艦上構造物の破片が宙に舞った。

対空砲火が弱まったのを見はからって、艦攻隊が突撃してくる。雷跡が一本、二本と伸び、敵戦艦のどてっ腹に突きささる。

白濁した水塊が高々と立ちのぼり、そのたびに敵戦艦が苦悶に震える。

その向こうでは、空母二隻の艦上に黒煙があがっている。一隻はまだ回避運動を続ける余力があるようだが、もう一隻は完全に停止して艦体も傾いているようだ。

沈没は免れないだろう。

「勝ったな」

栄二郎はつぶやいた。

空襲は上々の成果を得たと言っていい。この一回の空襲で、敵艦隊を全滅に追い込むことはできないかもしれないが、第二波攻撃をかければ主要な艦艇は、ほぼ撃沈できると思われた。

快勝だった。

「タイム・トゥ・ラップ・イット・アップ（撤収だ）」

ハンター飛行隊長の指示が届いた。

空襲を終え、空戦もほぼ終息している。残っているのは撃沈破された敵艦艇だけだった。

欧州への道は開かれた。そう端的に捉えるのは早計かもしれない。

しかし、自分たちは固い扉をこじあけ、不可能であった敵の領域に二歩三歩、食い込んだのも事実だ。

「欧州よ、私は帰ってきた」

そんな宣言すら聞こえそうなほど、将兵は意気軒昂として士気も最高潮に高まっていた。

同日深夜　ベルデ岬諸島沖

空母主体の第二群が昼間の航空戦に大勝したという報告は、戦艦主体の第一群の将兵を歓喜させた。

「よおし、俺たちも続くぞ」

「続くったって、もう敵艦隊は全滅したんだぞ。叩く敵なんて残ってねえよ」

「艦載機隊の連中も、少しくらい獲物を残しておいてほしかったもんだな」

「なあに、仕方ないから敵の陸上基地でもなんでも、たっぷり痛めつけてやろうぜ」

以前ならば考えられなかった会話も艦隊内の方々で聞かれていた。

そうしたうわついた雰囲気のなかでも、戦艦『大和』砲術長大川秀一郎中佐は、緊張の糸を切らせずにいた。

「なにかおかしい」

現況が腑に落ちなかった。秀一郎がこれまで培ってきた軍人としての感覚が、どこかで警笛を鳴らしているような気がしてならなかった。

第二群が撃沈した大型艦は、戦艦二隻に空母二隻と伝わっている。

敵が保有している空母は二隻であることがわかっていたので、全艦撃沈したことになり数は合う。戦艦もパナマ沖で逃したのが二隻――フリードリヒ・デア・グロッセ級が一隻とビスマルク級が一隻で、これも数的に合う。

だが、それで敵の主要な艦艇が本当にすべて沈んだのだろうか。大西洋や本国水域に大型艦は残っていなかったのだろうか。

戦力的には劣るだろうが、太平洋に投入していた新型艦以前に造られた巡洋戦艦や小型のポケット戦艦なども敵にはあったはずだが。

航空隊の報告では、戦艦が二隻というだけで艦型の報告がない。混乱した戦場のなかで、しかもあえて類似した艦容で造られているドイツ戦艦の艦型を見極めるのは難しいのだろうが、この点が気になった。

秀一郎は一抹の不安を消しさることができずにいた。

仮に別動隊がいたとすれば、索敵にかかるはずだし、残存戦力があっても本国周辺に張りついて最終防衛網を固めている可能性もある。

（考えすぎか）

秀一郎は漆黒の瞳を瞼の裏に隠し、眉間をつまんだ。大きく息を吸って、ゆっくりと吐く。

敵との艦隊決戦が航空戦だけで決着がついたとすれば、自分たちの任務は敵の沿岸戦力の排除や陸上基地への艦砲射撃ということになる。

フランスのロリアンにあるとされるUボート・ブンカー——堅固に要塞化された大規模な補給、整備、格納施設の破壊も優先目標になってくるだろう。

「今のうちに射撃目標の確認と予想効果の算出でも、おさらいしておくか」

杞憂にすぎなければそれでいいと、頭を切り替えようとした秀一郎だが、やはりそこにはまだひと波乱もふた波乱も待っていた。

「砲術長！　左舷後方に発砲のものらしき閃光」

「なんだと」

振りむく秀一郎の両耳に、静寂を引き裂く砲声が轟く。

事態はそこで一変した。秀一郎が抱いていた言いしれぬ不安は、最悪の形で具現化したのである。

ドイツ自慢のクルップ鋼製砲身が、発砲炎を反射して赤々と輝いていた。

「今度こそ逃さんぞ、『ヤマト』」

戦艦『ウルリヒ・フォン・フッテン』砲術長ライリー・ワード中佐は、爛々とした眼光を放ちながら、砲戦の指揮を執っていた。

闇夜を焦がす炎の怪しげな光以上に、赤色をしたワードの瞳は毒々しく輝いていた。

待ちに待った機会を得て、ワードは全身の毛が逆立ち、血液が沸騰する思いだった。

「第三帝国の力を思い知るがいい、ヤパーナア（日本人）」

ワードは口端を吊りあげた。

ドイツ本国艦隊は、艦隊を二手に分けて行動していた。

旗艦『ゲッツ・フォン・ベルリヒンゲン』ほか『ウルリヒ・フォン・フッテン』『ティルピッツ』の戦艦三隻を中心とする主力艦隊は大きく西から南にまわり込み、一方、空母『グラーフ・ツェッペリン』『ペーター・シュトラッサー』を中心とする機動部隊は、敵の進行方向に占位させた。

この機動部隊はいわば囮《おとり》であって、自由同盟艦隊が撃沈した戦艦もドイツ本国艦隊に残っていた主力の戦艦ではなく、小型で火力も小さいシャルンホルスト級巡洋戦艦二隻『シャルンホルスト』『グナイゼナウ』だった。

これらの機動部隊に敵が食いついている間に、主力艦隊は全速で敵の背後にまわり込んで、まんまと奇襲を成功させたのである。


しかも、捕まえたのは敵の機動部隊ではなく、戦艦中心の水上部隊のほうである。すでに爆弾や魚雷を大量に使った機動部隊よりも、直近の脅威はこちらのほうが大きいと司令部は判断した。

ワードにとっては、願ってもない展開だった。

自分たちは敵戦艦群のもっとも脆弱《ぜいじゃく》な背中を衝くことができた。いきなり巨弾を浴びせることに成功した。

これも、代わる代わる触接を続けていたUボートからの正確な情報あってのことだ。

正面や側面に比べて注意が希薄となる背後とはいえ、敵もラダールによってこちらの出現はわかっていたはずだが、奇襲は成立した。

これも思い込みや気の緩みがもたらした末なのだろう。

まさに、そのとおりだった。

自由同盟艦隊では、複数の艦がレーダー――ドイツ式に言うラダールによって、ドイツ艦隊の接近を探知していた。

しかし、よもや敵が後ろにいるとは思わず、味方の誤認や機器の誤作動であろうと、担当者や中間指揮官が歪曲して解釈してしまった。

その結果、正確な情報が上に伝わることはなかった。

もちろん、それが艦長や司令官クラスに伝わったとしても、必ずしも正しい判断ができたとは限らない。

冷静に考えればお粗末極まりないが、撃たれてはじめて敵だと気づいたというのが真実だった。

「さあ、向かってこい、『ヤマト』。これまでの借りは今晩、倍にして返してやる。最後に勝つのはこの俺であり、第三帝国だ。貴様も千年帝国樹立の礎《いしずえ》となるがいい」

これまで幾度となく口にしてきたセリフを、ワードは再び喉元から引きだした。

良くも悪くも、芯の部分ではワードはぶれていなかった。

総統アドルフ・ヒトラーに心酔する狂信的排他主義者――それがワードの変わらぬ姿だった。

自由同盟艦隊は完全に浮足立っていた。

すでに沈めたつもりだった敵艦隊が忽然と背後に現れ、しかもそれは四〇センチクラスの砲を持つ敵の主力戦艦群だった。

敵は左舷後方から高速で接近してきたため、艦隊の総指揮官を兼ねる自由イギリス艦隊司令官エドワード・サイフレット大将は、単縦陣で進む配下の戦艦四隻『キングジョージV世』『ネルソン』『ロドニー』『大和』に一斉回頭を命じた。

砲戦では逆T字を描かれるほど不利な態勢はない。敵は全艦が全力射撃できるのに対して、自分たちは最後尾の艦の後部主砲しか使えない。

しかし、敵戦艦はいずれも優速で、一斉回頭しながらも相対位置の不利は変わらなかった。

こちらは真北から真南、すなわち〇度から一八〇度へ針路を変えたが、敵は南西から北東へかけて、つまり四五度方向へ直進していて、針路を塞がれる格好になっていたのである。

それでサイフレット大将――正確に言えば参謀たちの助言を含めての判断だろうが――は、九〇度方向への転針を命じてきた。

今度は逆に頭を押さえられかねなくなった敵に対して、首を曲げて同航戦に落とし込んだ。

ここで艦隊運動は一段落した。

はじめは最後尾として、そして一斉回頭後は先頭として単艦敵の矢面に立たされてきた『大和』は、ようやくその縛りから抜けだすことができた。

ただ、喜んでばかりはいられない。


(やはり、四隻でまともに戦うことはできなかったか)

戦艦『大和』砲術長大川秀一郎中佐は唇を噛んだ。

ある程度想定されていたこととはいえ、めまぐるしい回頭と位置取りの激しい争いの結果、鈍足の『ネルソン』『ロドニー』は追随できずに取りのこされる格好となってしまった。

隻数は四対三から二対三へと、敵に逆転を許した。もしかすると、これが敵の真の狙いだったのかもしれない。

『ネルソン』『ロドニー』は最大でも二三ノットの速力しか出せない低速戦艦ではあるものの、火力は一六インチ――四〇・六センチ三連装砲三基九門と侮れない。

これが失われた結果、自由同盟艦隊の火力は四六センチ砲九門に一四インチ――三五・六センチ一〇門となった。これに対して、敵は四〇・六センチ砲一六門に三八センチ砲八門と、もはや予断を許さない。

（高速化という時代の潮流を、敵はよく理解していたということだ）

今大戦では高速化が、勝利へのキーワードだったことは間違いない。

広い意味で言えば、機械化、自動化の進んだ陸戦兵器と戦術爆撃機を組みあわせたドイツの電撃戦や、空母艦載機の台頭もそうだし、戦艦についても高速力の有無が勝敗を分けたと言っても過言ではない。

新興勢力のドイツ戦艦はいずれも高速力があり、それを戦術面で最大限に生かした。数のうえでも火力でも優位だったはずの日米英の艦隊は、その高速力に翻弄されて、ひれ伏したのである。

今回もその傾向が如実に現れた。旧式で低速の『ネルソン』『ロドニー』は容易に無力化され、ワシントン海軍軍縮条約明けに建造された『大和』と『キングジョージV世』がかろうじて敵に対抗できるという状況だった。

そのころ前檣楼下層の羅針艦橋では、艦長松田千秋大佐が憮然とした表情を見せていた。後手後手にまわっているという思いはあったが、それに加えて、夜間戦闘機が出現したという凶報に松田は危機感を強めていた。

この洋上遠くという位置から考えて、戦闘機は艦載機に間違いない。敵はこちらがすべて沈めたと思っているほかにも空母を擁していた。

その見込み違いはともかく、問題なのは弾着観測機を出せなくなったことだ。この夜間でそれは痛い。

艦上からの観測にしか頼れないとすれば、射撃精度の低下は免れない。上空からの照明弾の投下も期待できないことになる。

それにひきかえ、敵が弾着観測機を出してくれば、その差は顕著に出るだろう。

もちろん、味方の空母に戦闘機の来援要請はとっくに出ているが、すぐに到着するとは思えない。

しばらくはこの状況でなんとかするしかない。

すでに砲戦の口火は切られている。

敵は一、二番艦で『大和』を、三番艦で『キングジョージV世』を狙っているようだ。

それに対して『大和』は一番艦、『キングジョージV世』は三番艦に砲撃を始めている。

『大和』は一対二と数的にも不利な状況に追い込まれているが、これは敵とすれば当然の判断だし、『キングジョージV世』の選択を責めることもできない。

『大和』が建造された意義や目的から、そのくらいの劣勢は跳ねかえさねばならない。

（本艦の真価が問われている！）

松田は艦長としてなにをなすべきか、なにができるかを、あらためて自分に問いなおした。

砲戦に入ってしまえば、あとは砲術長の範疇《はんちゅう》だと考える者もいるかもしれないが、状況を見ながらの砲戦距離の上層部への具申や、敵中小艦艇接近への警戒、いざ雷撃を受けた場合の操艦等々、やるべきことは多々ある。

砲術科の者たちが実力を出しきれるようにお膳立てすること、本艦の実力をくまなく引きだすことが自分の役割なのだと、松田は再度表情を引き締めなおした。

巨弾の応酬は、まだまだこれからだった。

期待とは裏腹に射撃は精度を欠いていた。放っても放っても、弾着が目標に近づかない。

そうとしか見えなかった。

近いと思って砲身を上げれば遠すぎ、かといって遠いからと砲身を下げれば近すぎ、さらには距離はそこそこ合っていても、左右にばらついたりと、試射はいずれも不本意な結果が続いていた。

ただし、敵も必ずしも良い状況ではなかった。似たりよったりの状況で、双方とも命中弾はおろか至近弾すら得られていない。

『大和』と敵一、二番艦『ゲッツ・フォン・ベルリヒンゲン』『ウルリヒ・フォン・フッテン』との砲戦は、我慢比べの様相を見せていた。

しかしながら、こうした状況もそうそう続くわけがないと、松田は考えていた。

単純に砲術の技量が同等と考えれば、一対二の数的根拠から、敵は命中確率が倍になってくるし、これに三基対四基二隻計八基という主砲塔の数も加味すれば、その確率は三倍近くに跳ねあがる。

さらに、秀一郎は珍しく自身の迷いにも自覚があった。


（やはり、三式弾を使った例の策を実行しておくべきだったか）

射撃を始める際、秀一郎は弾種の選択に迷った。普通に考えれば、相手は戦艦なので徹甲弾に決まりなのだが、三式弾を使うという奇策もある。

三式弾の危害半径の大きさを利用し、敵の測距儀やレーダーを破壊して射撃精度の低下を狙う策である。

そこで、敵が二隻ということをどう考えるかが問題だった。

三式弾を使って、一隻といわず二隻の目をつぶして長期戦覚悟の砲戦を挑むか、あるいは『大和』の四六センチ弾の破壊力にものをいわせて、一隻を早く片づけてもう一隻との勝負に臨むか。

逡巡の末に秀一郎は後者を選択した。

これまでの実績から、三式弾の射撃も即効性があるとは限らない。その間は敵戦艦二隻に自由に撃たせることになる。

パナマ沖での戦訓からも、『大和』はけっして不沈艦ではないことがわかった。

たしかに、主砲弾火薬庫や機関といった主要防御区画――バイタル・パートは完璧に守りとおしたが、艦首や艦尾の非装甲区画の損傷や浸水は予想以上で、注排水などの間接防御には限界があることを露呈したのである。

そのことから秀一郎は、徹甲弾を使った敵一番艦との短期決着を目論んだ。

だが、それがうまくいっていない。

感情を表に出さない秀一郎だったが、その心中は穏やかではなかった。

この日の秀一郎は、どこかいつもと違っていた。

疲労の蓄積もあったし、知らず知らずのうちに勝負を急いでいたのかもしれない。戦争終結と帰国、家族との再会を頭では考えていなくても、本能的な部分で心中にちらついて思考を鈍らせていたのかもしれない。

「弾着、今」

またもや命中を示す閃光は見られない。敵影は闇のなかに隠れたままだ。

代わって敵弾がやってくる。右舷前方の海面が立てつづけに抉《えぐ》られ、白濁した水柱がきれいに四本噴きのびる。

照準はまだ甘いが、散布界は小さい。敵の砲術技量は悪くない。

その水柱が崩落したところで、再び甲高い飛翔音が轟く。夜気を引き裂くそれは、頭上を圧して後ろへ抜ける。

ひとつ、ふたつ……。

これもすべて遠弾かと思ったところで、けたたましい金属音が両耳に飛び込み、眼下に火花が散った。

直撃弾だ。

被害はたいしたことはない。火災の炎はなく、被弾箇所からいって、浸水の恐れもない。

恐らく、敵弾は前部の第一か第二主砲塔に命中したものの、貫通できずに滑って終わったのだ。

それはいい。しかし、次から敵は全力射撃に移行する。

一射あたり一発か二発の命中弾を食らうことになるだろう。

それがすべてバイタル・パートにいってくれれば問題ないが、確率からいってもそれはありえない。非装甲部に命中した敵弾は、一発で致命傷を与える力はないものの、火災や浸水を招いて、じわじわと『大和』の余力を削りとることになる。

(パナマ沖の二の舞は許されん)

秀一郎の瞼の裏には亡き先輩、前軽巡『北上』艦長園田泰正大佐の残影があった。

パナマ沖で『ビスマルク』の砲撃にあわやと苦しむ『大和』を、園田は自分の艦と命とを引きかえに救ってくれた。

その決死の行動で生きながらえた艦を、むざむざここで沈めるわけにはいかない。不甲斐ない戦いをしては、あの世の先輩に顔向けできない。

そうした気持ちが高まれば高まるほど、『大和』の砲撃は空を切りつづけた。焦れば焦るだけ、弾は逸れつづけた。

(こんなはずはない。こんなはずは)

冷静沈着で知られる秀一郎の表情も、次第に険しさを隠しきれなくなっていた。

砲戦は優位に進んでいた。

敵艦『ヤマト』の艦上には炎が揺らぎ、命中弾を得るたびに、そこから火の粉が洋上に飛びちっていた。

「『ゲッツ・フォン・ベルリヒンゲン』、本射に移行しました」

（それでいい）

自分たちに続いて、一番艦『ゲッツ・フォン・ベルリヒンゲン』も試射を終えて全力射撃に移ったとの報告に、戦艦『ウルリヒ・フォン・フッテン』砲術長ライリー・ワード中佐は酷薄とした笑みを見せた。

「見たか、ヤパーナア。これが第三帝国の力だ」

砲撃は砲の大きさだけで優劣が決まるものではない。それを支える装備を含めた総合力がその良し悪しを左右するのだ。ワードの満足げな表情には、そんな内心の思いが表れていた。

ここで先手を取って優勢なのは、測的精度が敵を上まわっているためだとワードは考えていた。

事実、そのとおりだった。測的を支えるツァイス製の光学レンズやGEMA社のラダールなど、高度な科学技術と工業力が生みだす機器が、ドイツ艦艇の測的精度を高めていたことは間違いない。

さらに、炎の光が夜陰を振りはらって、すらりとした筒状の艦橋構造物や後傾斜した三本のメインマストなど、特徴的な『ヤマト』の艦容があらわになっているのが、なおさら測的を容易にさせていた。

今また、『ウルリヒ・フォン・フッテン』の四〇・六センチ弾が、『ヤマト』に殺到する。白濁した巨峰が『ヤマト』を囲み、そのなかから命中の閃光が二回飛びだす。

全八発中二発命中は悪くない。

派手な誘爆の火球などが続くことはなかったが、着実に『ヤマト』を傷めつけていることは間違いない。

ここに『ゲッツ・フォン・ベルリヒンゲン』の砲撃が加われば、ワードの悲願である『ヤマト』

撃沈も現実のものとなるだろう。

できれば一対一の砲戦で沈めたかったところだが、『ヤマト』がそんなに簡単な相手ではないことを、ワードも認めていた。

だからこそ、沈めがいのある艦なのだと。

第三帝国の海軍は急ピッチで艦隊を拡張してきたが、残念ながら現段階で『ヤマト』に単艦で勝負を挑める戦艦はない。

現状、最大最強の戦艦であるフリードリヒ・デア・グロッセ級も『ヤマト』には及ばない。だから、ここは二対一でもやむなしと考える。

艦と艦ではなく、艦隊と艦隊の勝負と考えれば、それもありだと、ワードもこの戦争中に柔軟な発想を身につけた。偏見とプライドの塊のよう男だったワードも、戦争のシビアな現実を前にして、無意識に適応して生きていたのだった。

再び『ヤマト』が被弾に打ち震える。

今度は『ゲッツ・フォン・ベルリヒンゲン』の命中弾である。

『ヤマト』の艦上にあがる炎はさらに大きく、勢いを増している。艦橋構造物やマストのほかに、巨大な主砲塔や反りあがった艦首までも垣間見えるようになってきた。

それだけ、火災が広範囲にわたってきているということだ。

しかし……。

「むっ」

それでも『ヤマト』の砲撃に衰えはなかった。

炎と煙を吹きはらうようにして、発砲炎が三つ鮮烈に閃く。主砲塔が無傷であるという、なによりの証拠だ。

そこに『ウルリヒ・フォン・フッテン』の弾着が相次ぐが、『ヤマト』は不屈の意思を見せつけるかのように再び砲火を閃かせた。

炎を背景に、さらにまばゆい閃光が十字に伸びる様は、修羅場と化した戦場の緊迫感と過酷さを感じさせた。

砲声が殷々《いんいん》と海上を押しわたって轟く。

それからまもなく……。

「な……に」

信じがたい光景を目にして、ワードの表情は引きつった。片目が歪み、頬が小刻みに痙攣《けいれん》する。

前を行く『ゲッツ・フォン・ベルリヒンゲン』の艦上に火炎が躍り、艦尾から白煙が噴きだしたのである。

白煙はすぐにどす黒い煙に変わった。闇夜の海上なので黒煙は見にくく、全貌はわかりにくいが、煙の量はかなりのもので、『ゲッツ・フォン・ベルリヒンゲン』が深刻な打撃を受けたであろうことだけは、すぐにわかった。

気息奄々《えんえん》となる前に、『ヤマト』は強烈な反撃の一打を『ゲッツ・フォン・ベルリヒンゲン』に見舞ったのである。

まさに起死回生の一撃だった。

ようやく得たこの日、初の命中弾がいきなり敵の急所を抉ったのである。

『大和』が放った四六センチ徹甲弾の一発は『ゲッツ・フォン・ベルリヒンゲン』の艦尾に飛び込み、深々と突きささってディーゼル機関の一部を破壊した。

これによって、『ゲッツ・フォン・ベルリヒンゲン』は三軸ある推進軸のうち二軸が停止して、大幅な速力低下を余儀なくされた。

この機を逃してはならない。

『大和』は速力低下もなく、三基の主砲塔すべてが発砲可能で、一見まだまだ余力を残しているように見えたが、実は限界が近づいてきていた。

艦内の複数箇所で発生した火災は鎮火の目途がたたず、弾火薬庫の温度は限度に近づいている。

主砲そのものが健在でも、弾火薬庫に注水してしまえば、砲戦継続は不可能となる。そこで、事実上無力化される。

艦首と艦尾の注排水区画も浸水と傾斜復元の注水を繰りかえして満水に近づいてきており、艦の水平維持と浮力の限界は、もうそこまできている。『大和』はすでに危険水準に達していたのである。

それに対して敵一番艦は沈黙している。速力が低下したぶん、照準は修正しなければならないし、艦体が傾斜していればその復元も必要だ。それにあれだけの被弾であるから、砲の関連装備にもなんらかの支障をきたしていてもおかしくない。

『大和』は行き足の衰えた敵一番艦をしっかりと追尾しつつ、全門斉射の準備を進めている。

砲塔をやや艦尾よりに旋回させて、九門の砲身をぴたりと揃える。

二〇メートル超の太く長い砲身が仰角を上げて砲列を成す様は壮観だった。

「射撃準備完了」

報告に砲術長大川秀一郎中佐はこくりとうなずき、腹の奥底に力を込めた。

「撃《て》え！」

秀一郎の強い意思が言葉となって喉元から放たれ、それに呼応して『大和』も解きはなたれたように咆哮した。

橙色の閃光が暗闇を切り裂き、紅蓮の炎が視界一帯を真っ赤に焼きつくす。

発砲の衝撃は、各砲塔一門ずつの試射とは比べものにならない。鈍器で頭を殴られたかのようであり、油断していると一瞬意識が飛びかねない。

「次発装填！」

本射に入ったからには弾着を待つまでもない。

目標が沈むまで、撃って撃って撃ちまくるだけだ。

尾栓を開き、大人の背丈以上もある全長二メートル弱の巨弾を砲身内に押し込む。これまた子供の体重はあろうかという袋詰めの装薬を続けて装填していく。

「弾ちゃーく」

期待どおりの光景が、肉眼でもはっきりと見えた。

命中とはっきりわかる閃光が、目標艦上からほとばしったと思うや否や、太い火柱が宙に昇った。

火柱の後ろからも炎が左右に吹きのび、やがてそれらは一体となって目標を焼きはじめた。

「よし！」

「やった！」

射撃指揮所が拍手喝采に満ちる。

そのまま爆沈とまではいかなかったものの、目標の敵一番艦に痛撃を与えたことは間違いない。

炎の勢いからして、主砲塔の一基や二基は吹きとばしたのかもしれない。

ここまで撃てども撃てども空振りばかりを繰りかえし、逆に敵弾を一方的に受けるというストレスのたまる展開だったが、ここにきてその鬱憤をいっきょに晴らすことができた。

実に溜飲のさがる一撃だった。

もちろん、それで満足するものではない。

(あと一、二斉射もすれば)

目標の撃沈は秒読みだと、秀一郎は判断した。

いかにドイツ戦艦が堅牢に造られていようとも、世界中のどこの戦艦が向かってきても、それを退けられるように設計された『大和』の砲撃に耐えることはできない。

現にパナマ沖でもそうだった。それを再現するだけだ。

「装填よし！」

「撃え！」

秀一郎の号令で、『大和』は二度めの本射を放った。

爆風が海面をなぎ払い、右舷一帯に真っ白にさざ波が立つ。重量一・五トンの巨弾九発は音速の倍を超える初速で、夜気を貫いて消えていく。

第二斉射の弾着は、さらに凄烈だった。

目標を取りかこむように突きたつ水柱の陰から、閃光と炎とが入れ代わり立ち代わり這いだすと同時に、背後で荒れくるう爆炎によって、水柱そのものもうっすらと赤く染まって見えた。

危険や警告を意味する色として、それは過酷で非情な戦場を象徴していた。

それが収まったとき、目標の艦容は変わりはてていた。

ドイツの大型艦に共通した層状の艦橋構造物は上半分が削ぎおとされ、その前面に付いていたはずの大型探照灯も消失している。

前部に背負い式に配されていた連装主砲塔二基と司令塔は崩落して一体化してしまったように見える。

第二主砲塔が爆砕して第一主砲塔と司令塔とを巻き込んだのか、あるいは第一、第二主砲塔両方の爆発が司令塔を飲み込んだのかもしれない。

二本あったはずの直立した煙突も、一本はきれいさっぱりなくなっている。

甲板上には有毒物質を含む排気が滞留して、乗組員の行き来すらままならないかもしれない。

そこに、とどめとなる『大和』の第三斉射弾が降りそそぐ。

閃光が閃光を呼び、炎が炎を煽りたてた。

轟音が発せられるたびに目標は打ちふるえ、大小雑多な破片が海上にばら撒かれた。

気がついたとき、目標の敵一番艦は艦容の確認もままならないほどに炎上していた。

炎の勢いは加速度的に強まり、艦首から艦尾まで艦全体を炎が覆いつくしている。それが水上艦だったと認識して見ない限りは、海上に浮かぶ炎の塊でしかない。

時折、誘爆の火球が弾け、爆風が炎を押しやった際にだけ、それらしい痕跡が垣間見えるだけだ。それもはっきりとした形の残るものはない。

艦橋構造物や主砲塔、マストといった大きなものは当然として、機銃座やカタパルト、クレーン、高射装置や揚錨器に至るまで、細かなものも残らず例外なく焼かれている印象だ。

火災の炎は艦上に飽きたらず、漏れた重油を伝って海面にも伸びている。

炎のなかで艦体の傾斜が進んでいるかどうかはわからなかったが、目標が反撃の力を喪失したことはたしかだ。

はっきりと引導を渡したと言っていい。

「目標、完全に停止しました」

秀一郎は大きくうなずき、艦長松田千秋大佐に報告した。

「目標を敵二番艦に変更します」

艦内電話に向かって唇を動かしつつ、秀一郎は胸を張った。

（これが『大和』だ。並みの戦艦とは違う）

苦しい戦いではあったものの、『大和』は敵一番艦を退けた。

弾着観測機が使えないなど、厳しい条件ではあったものの、『大和』の最大の長所である一発あたりの破壊力にものをいわせて、『大和』は逆転勝利を手繰りよせたのである。

あとは敵二番艦にも後を追わせて、完全勝利をつかむだけだ。

（助かる）

掩護の星弾を頼りに測的をやり直す。

青白い星弾の光のなかに、敵二番艦がぼんやりと見える。

細長いメインマストにクリッパー形の艦首といった艦容の特徴は変わらない。

砲弾があげる水柱の高さと太さから、主砲は敵一番艦と同等、つまり同型艦ということになる。

同型艦であれば、直撃弾さえ与えれば沈められる。

(勝てる!)

けっして希望的な観測ではなく、それが秀一郎の本心だった。

だが、この日はなにか歯車が噛みあわなかった。うまくいきそうでもいかない。先が見えたと思うと、新たな障害が現れる。そんな日だった。

「装填よし」

「照準よ(し)」

敵弾の飛来音が、報告の声をかき消した。大気を引き裂く轟音が拡大する。

(来る!)

瞬間的に秀一郎は確信した。

手前で失速したり、頭上を抜けたりといったものではない。急拡大する音圧が正面からぶつかってくるような気がした。

それが極大に達したと思った次の瞬間、これまでに経験したことのない強烈な衝撃が基準排水量六万四〇〇〇トンの巨体を揺るがした。

床面が大きく跳ねあがり、秀一郎をはじめとして射撃指揮所に詰めていた砲術科の面々が例外なく跳ねとばされた。側面の一部が崩落して、熱風が吹き込む。

「皆、無事か」

「は、はい」

「なんとか」

かすれた声とともに部下たちが身を起こす。苦痛のうめきが混じる。多かれ少なかれ負傷しているが、生きてはいるという状況だ。

秀一郎も気がつけば頬を鮮血が伝っている。右の腿にも刺すような痛みが感じられる。なにかの破片が刺さったようだ。それを引きぬき、手ぬぐいで患部上部を縛って止血する。

「異常有無、被害確認、急げ」

命じつつ、秀一郎は前部を見おろした。

（副砲がやられたか）

眼下の惨状が漆黒の瞳に映った。

原形をとどめない金属塊と、鋭利な断面を覗かせる破孔がうかがえる。

口径一五・五センチの三連装副砲塔があった箇所だ。口径四六センチの主砲塔と同等の装甲があるはずもなく、四〇センチクラスの巨弾が直撃しては、ひとたまりもなかっただろう。

そもそもそうした脆弱な構造物が、艦の重要区画上にあるのが問題だという指摘は以前からあった。造船設計上の盲点が、ここで露呈したのである。

「第二主砲塔がやられました。砲塔そのものは動きますが、砲身が三本とも駄目です」

秀一郎は無言でうなずいた。

あれだけの爆発だ。直前にあった第二主砲塔に被害がおよぶのは避けられないだろう。分厚い装甲をまとった砲塔は耐えても、砲身がねじ曲がる程度は避けられまい。

三本すべてが副砲塔爆発の影響を受けなかったにしても、ねじ曲がった一本の砲身が、ほかの砲身にぶちあたったりしてのことかもしれない。

火が弾火薬庫までまわって、艦の深部で致命的な誘爆を起こさなかっただけましと考えるしかない。

「第一主砲塔、異常なし」

「第三主砲塔、異常なし」

「よし。まだいける」と、秀一郎は望みを捨てていなかった。

主砲火力は三分の二に減ってしまったものの、先の敵一番艦を見ても、沈めるのにさほど弾数は必要ない。

命中さえすれば、必ず仕留められる。そのように信じていた秀一郎に、また新たな障害が立ちはだかった。

「航空機？」

エンジン音らしき音を耳にしたと思ったときには、もう焼けつくような火箭が飛び込んできていた。

「伏せろ」

叫んだが遅かった。

闇を伝った真っ赤な火箭が、射撃指揮所内を席巻した。金属の乱打音が響き、血飛沫をあげて部下たちが倒れていく。

秀一郎も火鉢で突かれたかの痛みを感じて、その場で両膝をついた。前のめりに倒れかける身体を両手で支える。

炎が煽られ、空中に大きく赤い光が差した瞬間に、秀一郎は敵機らしきものの一角に、紋章らしいものを見たような気がした。

「秀兄！」

航空支援の要請を受けて駆けつけた大川栄二郎と喜三郎兄弟の目には、窮地に陥った兄の姿が映っていた。

自由日本艦隊の旗艦である戦艦『大和』に、敵戦闘機がとりついている。

敵戦闘機は艦橋上部に向けて銃撃している。兄の秀一郎が指揮を執っているであろう射撃指揮所付近だ。

夜間ながらも、『大和』が傷ついているのはよくわかった。艦上のあちこちから炎と煙があがり、喫水もどっぷりと深まっているようだ。

敵戦闘機の接近を許しているのも、対空火器がのきなみ破壊されているためと思われる。

「秀兄！」

叫びながら、栄二郎はフルスロットルで距離を詰めた。

「やめろお！」

攻撃を続ける敵機に対して、牽制の銃撃を見舞う。

装備機はシンガポールで生産した零式艦上戦闘機二一型だ。航続力を優先しての選択だが、さらに今回はシンガポールで生産したというところに、大きな進歩があった。

機上レーダーの装備である。

自由イギリス軍はレーダーの小型化に成功し、航空機への搭載を実現した。それはイギリス管轄の生産機に優先配備されている。それが独立混成飛行隊にまわされた。

珍しくこの隊にいて、恩恵に授かった二人だった。

夜間の空戦で、これは決定的な利点となる。

肉眼では見えない敵に対して、手探りで戦わねばならなかったものが、はっきりと位置を特定して銃弾を送り込める。まったく次元の異なる戦いに昇華するのである。

「喜三郎、例の」

「わかった」

「失せろ！」

銃撃中の敵機に肉迫する。

航空機銃としては大口径の二〇ミリ弾を突き込もうとしたところで……。

「栄兄！」

「（来たか）わかってるって」

背後から襲った銃撃を、栄二郎はロールをうってかわした。心は熱く、頭は冷静に、の理想を栄二郎は体現していた。

敵は単機に見せかけて、実は二番機が闇の中に隠れていた。

恐らくそうだろうという推測が、機上レーダーによって確信に変わっていた。戦術面でも、この貢献は大きい。

ただ、敵も並みの敵ではなかったらしい。不意打ちとなったはずの喜三郎の銃撃が、あっさりとかわされた。

七・七ミリの奔流は虚空を貫いて終わる。

「栄兄、黒騎士団だ」

「了解！」

「やはりそうだった」との思いが、栄二郎の切迫した声にのっていた。

この夜間に、たった二機で敵戦艦に向かおうとするなど、ただ者ではない。これまで幾度となく苦しめられた、敵のスーパーエースが操るダークグレーのメッサーシュミットだった。

心してかからねばならない。

今回は秀一郎兄さんを救援するための戦いである。同じ黒騎士団との戦いとはいっても、これまでとは違う。

淡々と、だが常人には真似のできない天才的な空戦を進める喜三郎を横目に、これまで以上の気合いと責任感をもって、気迫をみなぎらせる栄二郎だった。

射撃指揮所の脇を、零式艦上戦闘機二機がかすめていった。零戦は零戦でも、その主翼上下と胴体左右にはラウンデル――円形識別表示が描かれていた。

独立混成飛行隊の所属であることが、そこでわかった。

「栄二郎と喜三郎だよな。ありがとうな」

パイロットの顔まで確認できるはずもなかったが、戦艦『大和』砲術長大川秀一郎中佐は、その様子から弟二人だと確信していた。

敵機は強敵だが、なんとしてでも追いはらってやろうというオーラを、その二機から感じた。

空戦は継続している。

赤い曳痕が夜空に曳かれ、それが複雑に絡みあっている。どちらが優勢かはわからないが、『大和』のそばから敵機は消えている。

少なくとも弟二人は、敵機の引きはがしに成功した。

ソロモン海戦につづいて、またもや自分は弟たちに助けられた。この機会を生かさなければ、兄失格だ。


射撃指揮所で生きのこっているのは、秀一郎ただ一人だった。

振りかえれば、自分は焦りの末に勝負を急いでしまったのかもしれない。

即効性はなくとも、一番艦と二番艦それぞれに三式弾を送り込み、二隻とも射撃精度を鈍らせたうえで長期戦を挑めば、今よりは良い結果を得られたかもしれない。

しかし、その失敗を取りかえすチャンスを、弟たちはつくってくれた。

測距装置のグリップに手をかけて、身体を起こす。激痛が脳天を突きぬけた。脈打つたびに脇腹から鮮血が溢れでる。

血圧が低下し、意識が薄れてくるが、秀一郎は強く頭を振ってそれに耐えた。

「生きている」

奇跡的に方位盤射撃の装置一式は使用可能な状

態で残っていた。まったくの無傷ではないものの、射撃指揮所での各砲塔を束ねた一元管理——方位盤射撃は充分可能だった。

「頼むぞ、『大和』。せめてあと一射だけでも、もってくれ」

秀一郎は祈るような気持ちで、引き金に添えた指に力を込めた。

「撃《て》っ」

刹那《せつな》、健在だった第一、第三主砲塔計六門の砲口が鮮烈に閃いた。

炎を振りはらいながら、六発の巨弾が目標の敵二番艦に向けて飛翔していく。

薄れゆく意識のなかで、秀一郎は鋭く伸びる閃光と膨張する火球を見たような気がした。

「栄二郎、喜三郎、後を頼ん（だぞ）」

そこで秀一郎の双眸は光を失った。照準器のグリップを握る指が外れ、首がうなだれて、くの字に曲がる。

秀一郎の身体は宙に浮くようにして、ゆっくりと崩れおちた。


ダークグレーのメッサーシュミットＢｆ１０９Ｔと赤白青のラウンデルを付けた零式艦上戦闘機の空戦は、互いの長所を生かしたハイレベルのものだった。

基本的には一撃離脱を狙うＢｆ１０９Ｔに、格闘戦に持ち込もうとする零戦という構図なのだが、攻防の切り替えや判断が並はずれていた。

Ｂｆ１０９Ｔの射線を外した零戦が、最小回転半径でＢｆ１０９Ｔの背後へまわり込む。

その背中を追って照準をつけようというところには、目標のＢｆ１０９Ｔは射程外へ脱している。

代わりに横合いからもう一機のＢｆ１０９Ｔが銃撃をかけようとするが、それは同僚の零戦に阻まれる。

しかし、零戦の一番機を操る大川栄二郎特務少尉は、次第に焦りを募らせていた。

敵の銃撃から逃れ、被弾を許してはいないものの、かといって敵を撃墜できる感覚にはほど遠い。

ぎりぎりまで粘って、被弾、墜落と紙一重の行動をとっても、敵を追い込むには至っていない。

兄を助けたいという、いつも以上の気迫と機上レーダーの助けがなければ、やられていたかもしれない。

喜三郎も苦闘しているのだろう。余裕はないようだ。積極的な援護とはいかない。

もちろん、自分もそうだ。相互支援もうまくさせないところに、敵のうまさがあるということか。それも黒騎士団の怖さのひとつかもしれない。

「このお！」

栄二郎はいちかばちかの策に出た。

あえて敵を背中に食らいつかせ、横滑りで敵の飛びだしを狙う。

首尾よく敵が前に飛びだせば、そこを銃撃して撃墜するという狙いだった。

この敵には、ありきたりの戦術は通用しない。零戦にしかできないアクロバティックな機動を繰りだしてもなかなか難しい。かなりのリスクを負わない限り、勝機もないと悟った。

「来い！」

敵は後ろにつく。フットバーを踏んで機体をスライドさせる。

敵は追従した。だが、それも想定内だ。

今度はスロットルを絞り、フラップを最大に降ろして急減速する。

しかし、驚いたことにこの二段構えの策にも、敵は完璧に対応してみせた。ぴたりと後ろにつき、しかも有効射程内に入り込んできている。

「こいつら、化け物か」

ここで多少腕に覚えのあるパイロットであれば、夜空に散華《さんげ》して終わったであろう。

しかし、栄二郎は栄二郎で、その程度のパイロットではなかった。

栄二郎はいっきに操縦桿を払いのけるように操作した。機体を左に倒しぎみに降下し、そのまま操縦桿を引きつけて機体を反らす。同時に、機首の七・七ミリ機銃を連射する。

火花が散った。

敵にとっても、ここまでの行動は予想外のことだったのだろう。

命中の痕跡はあった。だが、そこまでだった。七・七ミリの弾道は直進性よく目標を捉えたが、一撃で撃墜する威力はなかった。

敵機は加速度をつけて離脱する。

「ここまでか」

もう一機の敵が迫っていた。

失速寸前の栄二郎機には立てなおす力はない。

今思えば、疲労によって判断が鈍っていたのかもしれない。墜落を覚悟した栄二郎だったが、なぜか敵は急降下して離脱した。

「待たせたね」

混乱する思考のなかに女の声が飛び込んだ。自由フランス空軍少尉ブランシェ・ネージュの声だった。

あまりに緊迫した状況のなかで忘れかけていたが、遅れていた僚機が救援にかけつけてきたのだ。

いつのまにか機上レーダーには、味方機の反応があった。ブランシェ・ネージュ少尉ら、独立混成飛行隊の仲間たちである。

敵は形勢不利と見て、離脱したようだった。

「二人とも無事なようだね」

「ユー・リアリィ・セイブドゥ・ミィ(助かったよ)」

そう言いつつも、栄二郎は上の空だった。喜三郎が無事だったのは喜ばしい。しかし、自分のことなど二の次だった。それよりも、兄のことが気になった。

（無事でいてくれればいいが）

悲報は、まだ栄二郎のもとへは届いていない。尊敬する兄、秀一郎の壮絶な戦死は、栄二郎の心に一生消えることのない深い傷を残すこととなる。

間に合わなかった。自分がもう少し早く到着していれば、兄は死なずにすんだかもしれないと、この晩のことを栄二郎は生涯悔い、自分を責めることになるのだった。

炎上する『ヤマト』の姿が、次第に小さくなっていく。

寝ても覚めても復讐の対象として忘れることのなかった宿敵を、沈没寸前に追い込みながらも、勝ったという実感はあまりなかった。

二対一という数的優位にあったことに加えて、一番艦『ゲッツ・フォン・ベルリヒンゲン』を撃沈され、自らの艦も深い傷を負わせられた。

戦艦『ウルリヒ・フォン・フッテン』砲術長ライリー・ワード中佐の表情は複雑なものだった。

けっして失望するものではないが笑みもない。あらためて恐ろしい敵だったという実感が残っただけだった。

『ウルリヒ・フォン・フッテン』は『ヤマト』の最後の射撃によってA砲塔――第一主砲塔を爆砕され、艦首方向に甚大な損害を被った。

『ヤマト』に対して砲撃を継続すれば、撃沈まで見届けられたかもしれない。

だが、大幅な速力低下をきたし、余剰浮力に乏しい状態で敵駆逐艦の雷撃を受けたりすれば、自分の身も危ういと、艦長および『ゲッツ・フォン・ベルリヒンゲン』とともに失われた本国艦隊司令部の指揮を継いだ次席指揮官も、『ウルリヒ・フォン・フッテン』の退避を含む艦隊撤退を決断したのだった。

仮に『ヤマト』がここで沈まなかったとしても、この戦争中に復帰してくることはないだろう。

ワードの復讐は成就した。

しかしながら、この機会をあれだけ待ちわびて、ついに達成したわりには満足感はまったくなかった。

わりきれない消化不良感を抱えたまま、ワードは静かに戦闘海域を離脱した。

第5章　最終決戦！

一九四五年一二月二五日　フランス沖

ベルデ岬沖海戦と命名されたアフリカ西岸沖での海戦からわずか二カ月にして、自由同盟艦隊はいよいよ欧州中枢へ迫ろうとしていた。

当然ながら、ベルデ岬沖海戦で負った傷の修復は不十分である。

いったん、アフリカ西岸のフランス領ダカールに帰港して補給と整備、そして簡易な修理を施しただけで、すぐに出撃を強行したに等しい。

応急処置だけで、一部の砲塔が失われたままの艦もあれば、作戦行動に耐えられないと判断して出撃を見あわせた艦もあった。

ベルデ岬沖海戦で大破した戦艦『大和』もその一例で、かろうじて沈没だけは免れたというのが実状だった。

ここまで自由同盟軍が作戦を急いだのは、条件としては敵も同じと考えたからである。

敵本国艦隊は戦力の大半を失って撤退した。大西洋中部から北部へかけての制海権を、実に五年ぶりに敵から奪いかえしたことになる。

敵に立ちなおる隙を与えず、いっきに叩く。

敵の得意とする電撃戦を逆にやり返そうというのが、「ウィンド・オブ・フリーダム（自由の風）」と名づけられた作戦だった。

作戦目標はイギリス本土およびその周辺の制海

権と制空権の奪取、そしてイギリス本土に駐留する敵戦力の排除である。

その先に、イギリス本土の奪還があることは言うまでもなく、敵残存海軍との最終決戦も誘発するだろうというのが、大方の予想だった。

当然ながら、栄二郎と喜三郎の大川兄弟が所属する独立混成飛行隊と、その母艦『イラストリアス』も作戦に参加している。

（秀兄……）

栄二郎と喜三郎にとっては、人生をかけた弔い合戦だった。全身全霊をもって戦う。絶対に負けられない戦いだった。

戦艦『大和』大破、艦長以下乗組員に死傷者多数との凶報は、ベルデ岬沖海戦後、すぐに二人の耳にも届いていた。

その時点では、二人はまだ希望を捨てていなかった。

超がつくほど優秀で、備えを怠らない秀兄のことだから、そうそう簡単に死ぬはずがない。自分たちには思いもよらない知恵をめぐらせて、きっと生きている。

自分たちのような出来の悪い弟も、けっして見捨てないどころか、わずかながらも良い点を探して認めてくれる。褒めて、かわいがってくれる。

そんな兄が死ぬはずがない。自分たちの誇りであり、憧れでもあり、かつ容姿端麗、成績優秀、規律正しく、海軍士官の模範で羨望の的でもある兄が、こんなところで死んでたまるものか。

二人は最後の最後まで無事を祈り、信じた。

しかし、その願いは叶わなかった。

『大和』は最後の一斉射で敵戦艦二番艦を撃退して、海戦勝利を決定づけたことが確認できていたが、兄はその射撃指揮所の射手席で倒れていたという。

命尽きるまで戦った末の、大往生だった。

「君たちの兄上は立派に戦った。艦隊全体に勝利をもたらした最大の功労者だ。その尊い犠牲があって、今がある。

我々はそれを忘れることなく集中し、全力を傾注して敵を打ち負かさねばならん。それが、兄上へのなによりのたむけとなるに違いない」

飛行隊長アラン・ハンター少佐の言葉に、二人の目から大粒の涙がこぼれ出た。それまで、こらえにこらえてきた失望と悲しみが、いっきょに噴きだし、嗚咽《おえつ》がとまらなかった。

二人は天を怨んだ。なぜ秀兄が死ななければいけなかったのか。どうせ死ぬのなら、自分たちでよかっただろうに。

秀兄には奥さんも子供もいる。その悲しみは、自分たち以上のものだろう。その悲しむ姿を直視できる自信がない。かといって、無視するわけにはいかない。自分たちのような独身者であれば、そうした心配もなかっただろうにと、嘆きもとまらなかった。

男は涙を見せぬものと幼いころから信じてきたが、とても耐えきれずに涙が枯れるまで、それこそ三日三晩泣きじゃくった。

それを乗りこえたとはいわないが、ようやくその現実を受けとめた二人が、ここにいた。

「いいか、喜三郎。秀兄が命と引きかえにしてまで敷いてくれた道なんだ。最後まで吹っとばすぜ」

「わかってるって、栄兄。僕らはけっしてとまらない。立ちふさがる敵は残らずどかす。終戦と聞くまで僕も飛びつづけるよ」

本国が近づくにつれて、敵の抵抗も激しくなっていった。

戦闘機も、これまで嫌というほど相手をしてきた液冷エンジン搭載のメッサーシュミットBf109のほかに、空冷エンジン搭載のフォッケウルフFw190も姿を現した。

敵は死にもの狂いだった。

制空権を争っている間に、北上する自由同盟艦隊には海中の脅威が迫る。

「雷撃！　Uボートか。しかも単独でだと。正気か」

「栄兄、魚雷が！」

信じられないことに、白い雷跡はまるで意思を持つようにして海中を曲がって空母へ向かった。敵の秘密兵器、航跡波追尾誘導魚雷「アイビス」だった。

それを発見した駆逐艦が身を挺して阻止する。空母への針路上に投げだした艦体に、次々と魚雷が突きささる。

たちまち駆逐艦は大傾斜して、白い煙をあげながら沈んでいく。

その報復はすぐに始まっている。

魚雷の航跡を遡った先で、複数の駆逐艦がソナーでUボートを探りあて爆雷を海中に放り込む。

Uボートの側に立てば、とても逃げきれるものではない。この状況で攻撃を仕掛けること自体が、自殺行為だったのだ。敵もそこまで追いつめられてきたという証拠だろう。

そして、秘密兵器はそれだけにとどまらない。

海上を揺るがす爆発音に栄二郎は振りむいた。爆撃機らしい機影はない。そこに第二の爆発音がかぶさる。

「あれだ！　栄兄、七時の方向」

喜三郎に促されて目を向けた栄二郎は、我が目を疑った。

「なんだ。あれは」

信じられないことに、爆弾が飛んでいた。より正確に言えば、爆弾が重力に引かれて自由落下するのではなく、意思を持つかのように、滑空しながら針路を小刻みに変えている。

重量一・四トンの徹甲爆弾フリッツに四枚の安定翼と電波誘導方式を装着した、滑空誘導爆弾フリッツXだった。

その先にいるのは日本の空母『飛龍』である。島型の艦橋を左舷に置いた空母は、ほかにないはずだった。

『飛龍』は懸命に爆弾を避けようと回頭している。艦長が必死の形相で操舵しているであろうことは、上空からでもよくわかった。

しかし、その抵抗もむなしく、黒光りするフリッツXは、吸いよせられるようにして『飛龍』に命中した。

内蔵された三〇〇キログラムの炸薬が目もくらむ閃光を生み、無数の金属片と木片が宙にぶちまけられた。

栄二郎は頭を抱える思いだった。

(駄目だ)

イラストリアス級の空母ならばともかく、『飛龍』は被弾に脆《もろ》いという総評そのままの空母だ。一撃で飛行甲板はずたずたに破壊され、艦載機の発着艦能力を喪失したであろうことは明らかだ。

これで自由同盟軍は艦載機七〇機を戦列から失ったことになる。

先のベルデ岬沖海戦の勝利で海軍力は格段に上まわっており、艦載航空戦力で敵空軍とも互角以上に渡りあえると踏んできた自分たちだが、こうしてじわじわと戦力を削がれていっては危険だ。先はまだまだ長いのだ。

「栄兄、上だ」

直感的に気づいた様子で喜三郎が報告してきた。

「雲の上になにかいる」

「雲の上？　わかった」

戦闘空域には灰色の雲が点在していた。機首を引きおこして、その上を目指す。

二機のシー・ファイアが白い航跡を曳いて、高度を上げる。

洗礼はすぐさま訪れた。

雲を突きやぶって、ライトグレーの単発機が襲いかかってきた。

機首の太い空冷エンジン搭載機で、花びらを思わせる環状冷却器と幅広い三翅プロペラを機首に持つ機はフォッケウルフＦｗ１９０Ｄである。

やはり、喜三郎の見立ては正しかった。野性的な直感は、たとえ悲しみのなかでも鈍ってはいなかった。

シー・ファイアとＦｗ１９０Ｄ、計四機の距離が急速に縮まる。

（いける）

敵の動きは単調だった。威圧感もさほど感じない。中堅以下のパイロットだと栄二郎は判断した。

一番機と二番機が別個になって向かってくる。

一番機は栄二郎が対処する。

発砲は敵が先だった。鉄と火薬の奔流が襲ってくるが、狙いは甘い。敵弾は、はるか離れた空域にばら撒かれて終わる。

左右に機体を振って、栄二郎は誘いをかけた。

正対したまま近づけば、空中衝突や相討ちの危険性が高まる。向かいあっていながらも、より安全で確実性の高い策を講じることができるかが、エース・パイロットとそうでないパイロットとの差となって現れる。

敵一番機の機影は急速に膨らんでくる。機首で回転するプロペラが、はっきりと見えてくる。

栄二郎は横の動きで、敵一番機を仕留めるつもりだった。

「そこだ！」

敵一番機の追随を確認しつつ、栄二郎は銃弾をばら撒いて切りかえした。銃弾の網を置きざりにした格好である。

普通の銃撃であれば、敵一番機にかわされたかもしれない。たとえ被弾しても、軽傷ですまされたかもしれない。

だが今回、栄二郎と喜三郎が操縦してきたシー・ファイアは機銃を七・七ミリ八挺に換装した多武装型だった。

一撃で敵機を破壊する力はないが、高密度に束ねられた火槍は敵を逃さず執拗に傷つける。

二〇ミリ弾がヒグマの一撃だとすれば、こちらは山猫の群れによる襲撃といったところか。

敵一番機は自らその火網に飛び込んだ。

主翼や胴体が分断したり、爆発の轟音が空を揺るがしたりすることはなかったが、敵一番機を確実に仕留めていた。

機首のプロペラはねじ曲がり、風防ガラスは粉微塵に砕けちった。なかのパイロットが生きている可能性は数パーセントもないだろう。

敵一番機は、うなだれるように墜落していく。

「栄兄、やはりいた」

いつのまに敵二番機を退けていたのか、喜三郎は雲の上に「本命」を見出していた。

出てきた戦闘機は護衛だった。隠れていたのは、より大型の爆撃機だ。

「そうか、あれが」

そもそも爆弾が単独で飛んでくるはずがない。仕組みはわからないが、なんらかの仕掛けで母機となる爆撃機が爆弾を操作していたと考えれば、納得もいく。

潜んでいたのは、曲面ガラスのコクピットと高翼式の主翼、H形の双垂直尾翼を持つ双発機。ドルニエＤｏ２１７Ｋだった。

ぱっと見、五、六機いるようだったが、栄二郎と喜三郎の動きを見て、次々と僚機が高空に上がってくる。

離脱しようとするＤｏ２１７Ｋだったが、軽快な戦闘機に囲まれて逃れられるはずがない。

周辺一帯の制海権と制空権は確保した。

自由同盟艦隊は、多少の損害を出しながらも北上を続けた。

もちろん、敵もここであっさりと退きさがるはずもなかった。

一二月二六日　フランス沖

海上は、まだ薄暗かった。

タイム・リミットまであとわずかというところだったが、ついに現れたラダールの反応に、戦艦『ウルリヒ・フォン・フッテン』砲術長ライリー・ワード中佐は力強く拳を握りしめた。

もはや、本国艦隊などと呼べるほどもないドイツ海軍の残存艦隊は、敵に最後の一撃を加えるべく南下してきた。

思えば、あっという間の急落ぶりだった。

イギリス、アメリカ、日本と世界の三大海軍国の艦隊をことごとく撃破し、大西洋全域から太平洋の半分ほどを手中に収めていたのは、つい一年余り前のことである。

それが、今はどうだ。華々しく大洋を縦横無尽に闊歩してきた艦艇の大半が沈められ、「世界最強」の名をほしいままにした自分たち海軍は、本国付近の片隅に押し込められた。

（隆盛と拡大が速かった裏返しに、衰退と縮小もそれだけ速かったということか）

ワードはその隆盛も衰退も直に見てきた一人だ

ったが、千年帝国樹立を夢見る者として、このまま立ち枯れるわけにはいかなかった。

座して死を待つのではなく、たとえ力およばず乗艦ともども沈むことになろうとも、可能な限りの敵を道連れにしてやるつもりだった。

総統アドルフ・ヒトラーからは、最後の一兵まで戦うよう、海軍には全軍突撃の指示が出されている。

総統に心酔するワードとしては、その指示に忠実に従うまでだ。

すでに自分たちは制空権を失っており、敵艦隊に近づくことはできない。空襲を受けるという意味と、弾着観測機を飛ばせない測的上の不利を被るという、二点からである。

したがって、ドイツ艦隊は慎重に敵艦隊との距離を測りつつ、敵の空襲がもうないという時間帯から全力で南下、接近を試みた。

当然ながら距離は遠く、夜どおし走ってもどうかというくらいだったが、幸い敵が強気で前進してきたため、夜明け前にまんまと捕捉できた。

「勝ったと思うのはまだ早いぞ。この先に進みたければ、この艦を沈めてからにするのだな」

ドイツ海軍に唯一残った戦艦『ウルリヒ・フォン・フッテン』が、連装四基八門の主砲身をいっせいに振りあげた。

敵艦隊のなかに戦艦は確認されていない。ここはしばらく楽な狩場となる。

願ってもない展開に、ワードの赤色の瞳は輝きを増していた。

「我が第三帝国に刃向う者には死を。国を目前にして炎に焼かれる絶望を味わうがいい」

殷々たる砲声が、夜明け前の海上を震わせた。

狂気の炎が妖しく揺らめいた。

各艦が次々と反転して速力をあげていく。その慌てぶりは、直接関わっていなくても、手に取るように伝わってきた。

「空母が砲戦だと？　世も末だな、こりゃ」

自由日本海軍特務少尉大川栄二郎は、いっさいの遠慮なしに状況を揶揄《やゆ》した。

栄二郎が所属する自由同盟軍・独立混成飛行隊の母艦『イラストリアス』は、高角砲の砲身を水平に倒して発砲していた。

『イラストリアス』だけではない。ほかの空母も一目散に遁走しつつ、同じように高角砲の砲口を閃かせている。

高角砲はそもそも仰角を大きくとって、上空から襲ってくる敵機を撃ちおとすための砲である。

それをあえて砲身を倒して水平方向の、しかも敵艦を狙おうというのは、正気の沙汰ではない。

戦艦や巡洋艦が装備する平射砲がないから仕方ないと言えばそれまでだが、こういう状況に陥っていることそのものが問題だった。

陣形も序列もあったものではない。

一斉回頭や逐次回頭の指示はあったのだろうが、それを実行できる状況でもなかった。

空母が砲戦に巻き込まれるなど、前代未聞の異常事態なのだ。ただ、かといっていつまでも「滑稽だ」などと笑っていられる場合ではない。

「索敵機はなにをしていたんだ」と罵声を吐いても、時間を戻してやり直すことはできない。

なんとかこの状況を脱しなければ、自分たちは乗艦もろとも海の底行きだ。

飛行機乗りとして、それは不本意である。戦死は免れなかったとしても、そのときはせめて空の上で死にたいものだ。

「『インドミタブル』がやられた！」

誰かが叫んだ。

舷窓から見える先に、炎をあげる空母が見えた。

日本人パイロットが「鉄仮面」と呼ぶ、飛行甲板と艦首が一体化した独特の艦首形状――エンクローズド・バウはイラストリアス級空母の特徴である。

「あれは戦艦じゃないのか？」

直撃弾とは別に、外れ弾があげる水柱も強烈だった。

艦上構造物がほとんどなく、平たく低いという空母の特徴をさしひいても、水柱の高さは尋常ではなかった。とても駆逐艦や巡洋艦のものとは思えなかった。

『インドミタブル』は、敵の空襲を受けても作戦が続行できるように設計された重防御の空母であるが、それはせいぜい敵の急降下爆撃を想定してのものだ。

戦艦やトーチカなどの分厚い鋼鈑やベトンをも貫く戦艦の砲撃になど、とうてい耐えられるものではない。

同型艦の『イラストリアス』にも同じことが言える。狙われたら最後、海底行きの片道切符をつかまされたに等しい。

「戦艦の帯同はありませんからね」

イギリス空軍少尉候補生セス・スチュアートが焦燥ぎみにつぶやいた。

自由同盟艦隊はベルデ岬沖海戦で、虎の子の戦艦二隻を戦列から失った。

イギリス戦艦『キングジョージV世』は敵戦艦『ティルピッツ』との砲戦で沈没し、日本戦艦『大和』は敵が持つ最大最強であるフリードリヒ・デア・グロッセ級戦艦二隻を相手取って一隻撃沈、一隻撃破の戦果をあげたものの、自らも大破して帰還するのが精一杯だった。

『大和』の復旧、復帰の目途はたっておらず、あまりの損害の酷さに、そのまま廃艦という案すらのぼっているらしい。

なお、自由イギリス艦隊には旧式ながら『ネルソン』『ロドニー』の戦艦二隻があるものの、この二隻は最大でも二〇ノットそこそこの鈍足のため、機動力を武器とする空母にはとても随伴できるものではない。

「秀兄がいて（くれれば）」

つぶやきかける栄二郎に、弟の喜三郎飛行兵曹長が黙って首を横に振った。

せっかく忘れようとしていたことを、ここで思いかえしてはいけない。寂寞《せきばく》とした喜三郎の目は、そのような心情を表していた。

『イラストリアス』は必死に遁走する。両舷四基の高角砲も、なんとか敵を撃退すべく発砲を繰りかえすが、これは気休めにすぎない。

戦艦はもちろんとして、巡洋艦あたりでも、数隻寄ってくれれば撃沈されかねない。それくらいの火力差である。

真っ赤な光が後ろから差し込み、やや遅れて爆発の轟音が続いた。

光の収束は早い。一〇秒としないうちに、海面はもとの闇に包まれる。

魚雷発射管に直撃を受けた駆逐艦が爆沈したのだ。魚雷の誘爆も作用したため、ちっぽけな駆逐艦は瞬時に砕けちった。

さらに、空母らしき艦に火がまわっているのが見えた。飛行甲板と思われる長い直線の上を、炎が舐めるように這いまわっている。

「ホロコースト（大虐殺）、ホロコーストだ」

恐慌にかられて右往左往する者がでてきた。目はうつろで、顔はすっかり青ざめている。

これは敵の罠だったのではないか。昼間の抵抗はほどほどにして、自分たちに勝ったと錯覚させ、温存していた主戦力が夜襲をかけて殲滅《せんめつ》する。

　敵を追いつめた。あとひと押しすれば、敵は雪崩をうって敗走する。

　そんな思いは幻想にすぎなかった。

　自分たちは用意周到に準備された落とし穴にはまった。あとは這いあがれずに死ぬだけだ。

　だが、そうした絶望的な時間も長くは続かなかった。

「敵の砲撃が弱まったね」

　自由フランス空軍少尉ブランシェ・ネージュが、外の様子をうかがいながら手招きした。

　後ずさりする栄二郎に苦笑しながら、喜三郎がいっしょに覗く。

「味方？　味方の援軍だ」

「なんだと！」

　喜三郎のひと言に皆が舷窓に殺到する。我も我もと積みかさなるようにして外を覗く。

　そのとおりだった。

　今まで自分たちの周囲に林立していた水柱が、代わって敵の周囲に移っている。

　明らかに砲撃によるものだ。しかも、その規模はけっして小さいものではない。戦艦のものらしい大きなものも混ざっている。

　その「発信元」が、しばらくして姿を現した。

　円錐の先を丸めたような形状の艦橋構造物に、前部に背負い式に据えられた二基の三連装主砲塔――ワシントン海軍軍縮条約明けに建造されたアメリカ戦艦の特徴だった。

　暗闇のなかで識別はできないが、そのメインマストには誇らしげに星条旗が翻っていることだろう。

「いいぞ。やっちまえ」

「フリッツを追いかえせ」

　ついさっきまでは頭を抱えたり、神に祈ったりしていた者たちが口笛を吹きならしたり、奇声を発したりして、自由アメリカ艦隊の登場を歓迎した。

『イラストリアス』ら機動部隊は、援軍として現れた自由アメリカ艦隊に救われたのである。

「さあ、たっぷりとお返ししといこうか」

闇は徐々に薄れてきていた。夜明けは近い。そうなれば、自分たち艦載機隊の出番だ。

ネージュに煽られてその気になる男がほとんどのなか、栄二郎だけはこわばった顔で引きぎみにしていた。

（栄兄の女性潔癖症は直らずか）

唯一の欠点を露呈している兄だったが、喜三郎は心配していなかった。うっかり近寄ったりしない限りは大丈夫。空に上がってしまえば、すぐにいつもの兄に戻る。

そうしてもらわねば困る。

けっして表情や言葉に出さなくとも、長兄・秀一郎の死は喜三郎の心にも深い傷をつくっていた。

飄々と振るまいつつも、喜三郎も精一杯耐えて戦っていたのである。

敵艦隊上空には、少数ながらも敵戦闘機が待ちうけていた。制空を任務とする独立混成飛行隊は、それを排除して艦爆、艦攻の進撃路を開いておかねばならない。

栄二郎と喜三郎の大川兄弟は、その中心戦力としての働きを期待されている。

「栄兄、敵は精鋭だ。要注意」

ともに出撃してきたイギリス軍機が撃墜された。電光石火の早業だった。

視線を流すと、その先に同じ光景が二、三、広がっている。

栄二郎はうめいた。

敵はせいぜい十数機と、自分たちの三分の一にも満たない数だが、とても数で押しつぶせるような相手ではなさそうだ。

下手をすれば、翻弄されて同士討ちを招いたりする可能性もある。甘く見ていると、痛い目を見かねない。

ただ、それを瞬時に見抜いて警告してくる喜三郎も喜三郎だ。絶対に自分には真似できないと、栄二郎は舌を巻いた。

そんなことを思いつつも、栄二郎の双眸は目まぐるしく上下左右に動いている。こげ茶色の瞳は敵味方の動きを逃さず映しており、警戒に抜かりはない。

栄二郎は栄二郎で、戦場での気配りは人一倍だった。

「フォッケ」

現れた敵は、空冷単発のフォッケウルフＦｗ１９０だった。開戦当初から敵の航空優勢を支えてきたメッサーシュミットＢｆ１０９シリーズに代わって、敵の主力を占めるようになってきた小型戦闘機だ。

味方を狙った一瞬の隙を衝いて背後をとり、銃弾を叩き込む。

銃撃のチャンスはほんの数瞬だった。完全な真後ろであれば、銃弾は胴体や尾翼を傷つけても、撃墜には至らなかったかもしれないが、そこを栄二郎はきっちりと計算していた。

本能的に反応したであろう喜三郎とは違ったが、栄二郎は限られた時間のなかで判断し、機を目標のやや上に占位させた。

栄二郎のこげ茶色の双眸が、下向きに目標を見おろす。狙いすました銃撃は胴体上面を前向きに伝って、コクピットに達した。

風防ガラスに亀裂が入り、細かなガラス片が星屑のように散った。

ようやく一機撃墜……が、その間に味方は二機落とされている。

それもそのはず。特異なダークグレーで塗装されたメッサーシュミットＢｆ１０９が、視界を切り裂いていく。

敵は「黒騎士団」を含んでいた。

「またも俺たちの前に立ちはだかろうというのか」

栄二郎の視線は、兄の仇でもあるＢｆ１０９を捉えて離さなかった。

これまでにない気迫と執念に満ちた眼差し……。

最終決戦は、刻一刻と迫っていた。

いつしか敵に「黒騎士団」と呼ばれて恐れられるようになった、ヒトラーの私兵たる特命飛行隊の動きは圧倒的だった。


装備するＢｆ１０９は、Ｔ型からＫ型へバージョンアップされている。

Ｋ型は二段二速過給機付きのダイムラーベンツＤＢ６０５Ｌエンジンに換装している。高高度飛行も苦にしない高速機で、Ｔ型との性能差は歴然としていた。

防空という意識は、あまりない。

総統直々の命令は敵航空戦力の撃滅であって、とにかく目についた敵を片っ端から撃ちおとすだけだった。

「死ね、死ねえ」

敵はおろか味方すらも人を人と思わない残忍な殺戮者である二番機のアイテル・ランゲ中尉だったが、「黒騎士団」にとっては軍も国すらも関係なかった。

それぞれ性格の違いはあっても、隊の結びつきはヒトラー個人の崇拝と自己中心的な選民思想だった。

自分たちは生まれながらにして優秀であり、総統に選ばれた。下等民族どもは下がっていればいい。それが基本的な考えだった。

リーダー格であるオスカー・シュルツ少佐は黙々と、冷静に敵を葬っていた。

ただ、そのシュルツだからこそ、けっして楽ではない現実も見えていた。

たしかに、空戦は圧倒的だった。敵の主力であるシー・ファイアなど、もはや敵ではなかった。

しかし、それはこの空域の一部分だけを切りとって見た場合にすぎない。敵にはその劣勢を補うだけの「数の力」があった。

航空戦は基本的には数の勝負となる。一人のスーパーエース・パイロットが華麗な戦いぶりで、群がる敵機を次々と叩きおとす、などというのは絵空事にすぎない。

現実に、自分たちは敵を退けつつも窮屈な戦いを強いられていた。

シュルツの小隊はランゲのほかに、イグナーツ・フォーゲル大尉とエルンスト・コッホ中尉の四人で構成されているが、フォーゲルとコッホの分隊とは引きはなされてしまった。

通常の作戦行動であれば、撤退となってもおかしくない状況だったが、命令系統と任務の特殊性ゆえに、それも許されない。

しかしながら、シュルツらがそこに疑問を感じることはなかった。彼らは薬物で精神改造されており、ヒトラーに忠誠を誓う一方で、生還に固執する考えはいっさいなかったのである。

シュルツとランゲの二機に対して、零式艦上戦闘機六機が立ちはだかった。

飛行隊長アラン・ハンター少佐以下、独立混成飛行隊の五名――ブランシェ・ネージュ少尉、オリバー・スミス少尉、セス・スチュアート少尉候補生、大川栄二郎特務少尉、大川喜三郎飛行兵曹長である。

あの二機は、ここで潰す。後に続いてくる艦爆隊、艦攻隊の安全確保のためだけではなく、この戦争終結に向けて、このような敵を残しておいてはいけないという強い思いからの集中攻撃だった。

二機単位、三組で包囲する。

ハンターが仕掛け、急加速して逃れる敵をネージュが迎えうつ。

敵は二機揃って急上昇でかわす。そこに待ちかまえたスミスとスチュアートが銃撃を叩き込む。

敵は散開していなす。逆に反撃を浴びたスミスとスチュアートが蹴散らされるように離されていく。

敵はそこを突破口として、突っ込んだ。

ランゲの前には栄二郎と喜三郎が立ちはだかったが、ランゲは構わず突進した。

機銃を乱射しながら、フルスロットルで突きすすむ。正面戦で微妙に射線をずらしながらのチキン・レースだった。

互いの機首が急速に膨らむ。

栄二郎と喜三郎は正面を抜かれない程度に、わずかに上下に分かれた。これで三方向が塞がれた。上に行けば栄二郎、下に行っても喜三郎が逃さない。

正面突破と垂直方向の旋回は、ランゲの選択肢から消えたのである。

ランゲはたまらず水平旋回をかけた。これこそが、栄二郎と喜三郎が狙っていたことだった。

水平方向の運動性能では、零戦がＢｆ１０９をはるかに上まわる。

射点につくのは容易……なはずだった。が、ランゲも並みのパイロットではない。機体をひねって的を絞らせないようにしつつ、大馬力エンジンにものをいわせて離脱をはかる。

放たれた火箭は加速するBｆ１０９に、かすかに接触したかに思えたが、ランゲはかまわず増速した。

異変はその直後に起こった。

鈍い音をたてて、左の水平尾翼がちぎれ飛んだ。空力バランスが崩れたBｆ１０９はロールしはじめ、高速であったことも災いしてコントロール不能に陥った。

もはやランゲであっても、立てなおしはできない。

仕留めたのは喜三郎だ。ぎりぎりの銃撃だった。

実は今回、独立混成飛行隊の零戦は敵と同じく、二一型から三四型へとバージョンアップされていた。

その一環として装備されたアメリカ製のブローニング一二・七ミリ機銃が威力を発揮したのだ。

従来の二〇ミリ弾では弾道の低伸性が悪くて命中せず、七・七ミリ弾では命中しても威力が乏しく、敵は軽傷で逃げきっただろう。

喜三郎が撃ち込んだ一二・七ミリ弾はかろうじてランゲの左水平尾翼を噛んだ。その傷が高速力による風圧の高まりと合わさって、尾翼をもぎとるに至ったのである。

喜三郎はこの土壇場で、ついに黒騎士団の一角を崩した。

残りは……。

仲間意識はあまりなかったが、支援機を失ったのはシュルツにとって痛手だった。

ちょうどよく味方機が来たのに紛れて、包囲網から脱出する。ただし、シュルツとしても、そのまま逃げるつもりはない。

「決着をつけようではないか。向かってくるならば相手してやる」

そこで名乗りを上げたのは栄二郎だった。悪く言えば、敵の誘いにのったことになるのかもしれないが、栄二郎にとっても因縁の相手であるシュルッとの決着は、避けてとおれなかった。

二人の意地と意地、気迫と気迫のぶつかり合いは、空中で火花を散らすようなもので、敵味方とも他機を寄せつけなかった。

ダークグレーの胴体が大気を貫き、白い翼が流麗に風を受けながす。

銃撃の軌跡が幾重にも絡みあって空を汚していく。

「なぜ、そこにいる！」

振りむいた先には、「テュープ・ヌル（零式艦上戦闘機）」の黒い機首と胴体から飛びだした涙滴形コクピットが迫っていた。

シュルツの見立てでは、テュープ・ヌルはまだまだ先にいるはずだった。

しかし、現実は異なる。

なぜだと考えるよりも先に銃弾がやってきた。

これまでに感じたことのない衝撃に機体が震え、身体を痛みが襲う。鮮血が飛行服をどす黒く濡らし、指先の感覚がなくなってくる。

エンジンも息絶え、推進力を失った機体は重力に引かれるままに墜落していく。

生への執着はなかった。

はっきりと確認できたわけではもちろんないが、フォーゲルとコッホの二機も敵に包囲されて、押しつぶされるように銃撃を浴びているのが見えたような気がした。

シュルツ機はほぼ垂直になって、まっさかさまに墜落した。目の前に海面が拡がっていく。うねる海面の濃淡と白く砕ける波濤がはっきりと双眸に映り込む。

「ハイル・ヒトラー（ヒトラー総統、万歳）」

言いおえた次の瞬間、強烈な衝撃にシュルツの肉体ともども機体は圧縮して果てた。ヒトラーの私兵であり、生ける戦闘マシン「黒騎士団」の最期だった。


シュルツ機を撃墜したものの、栄二郎も無事ではすまなかった。

栄二郎はレイジー・エイトと呼ばれるハイ・テクニックを繰りだして、シュルツ機を誘い込むかに見せかけた。

緩やかに上昇しながら機首を傾け、反転下降しつつ再び機首をひねる。しかし、シュルツはその誘いにのらず、直進してその場からの離脱をかけた。

だが、それを栄二郎は予測していた。空に8の字を描くのではなく、そのまま背面飛行でシュルツの針路に機体を重ねて追走した。

バレル・ロールと呼ばれる高等テクニックの変形版だった。

もちろん、それだけではBf109Kの高速力に追随することはできない。そこで、栄二郎はエンジンに禁断の過負荷をかけた。

機体強度やエンジンの過熱などを無視したリミッター解除を、栄二郎はこの出撃前に実施していたのである。

もちろん、整備班長らは安全確保を理由にこの申し出をいったんは拒否したものの、この一戦に賭ける栄二郎の意気込みと熱意に負けて、禁断の処置を実行したのだった。

エンジンから黒煙がたなびいて、限界を超えた機体は悲鳴をあげて空中分解しはじめた。

空気抵抗の極小化を目的に採用された、頭を平らにつぶした沈頭鋲《ちんとうびょう》がいくつも吹きとび、フラップが脱落した。

ワイヤーを支える支柱が折れ、ついに両主翼が音をたてて根本から失われた。

「これまでか」

栄二郎は死を覚悟した。

「誰しも、死ぬときはこんなものなのかもな」

最後まで生きぬいてやる。泥臭くても、格好悪くても、生きのびようと言いつづけてきた自分だったが、案外呆気なく死期は来るものだと思った。

「これが死。死ぬのか。俺も秀兄のところへ」

そこで、栄二郎はありえない声を聞いたような気がした。耳元で囁く声。

「……生きろ」

たしかに、そう聞こえた。

「栄二郎、生きろ」

長兄・秀一郎の声だった。

もちろん、ありえないことだが、自分の深層意識か、あるいは生死を超えた、なんらかの超常現象が働いて、栄二郎にそのような声を聞かせたのかもしれない。

「わかったよ、秀兄。命を粗末にするな。最後まで生きる努力をしろってことだな」

栄二郎は風防に手をかけた。かなりの抵抗だったが、それに負けじと力を入れた。

強風が吹き込む。飛行帽が外れて、こげ茶色の髪がばさばさと風に揺れた。


夜襲が不完全に終わった時点で、こうなることはわかっていた。

北方に全速で退避をはかったドイツ艦隊だったが、それはただちに敵の艦載機隊に捕捉された。

敵は追撃の手を緩めず、特に唯一残っていた戦艦である『ウルリヒ・フォン・フッテン』に雷爆撃が集中した。

すでに速力は大きく衰え、基準排水量五万五四五三トンの艦体は後ろ寄りに傾いている。

沈没はもはや時間の問題だったが、砲術長ライリー・ワード中佐の胸中は意外にもさばさばとしたものだった。

諦めたり、投げやりだったりということはもちろんなかったが、不思議なほどに悔しさや怒りはこみあげてこなかった。

『ヤマト』との戦いが終わった時点で、自分の戦いは終わっていたのだとワードは思った。

執着心のなくなった自分は、抜け殻に等しかったのだろうと。

「砲術長、早く脱出しませんと」

「かまわず先に行け。急げ」

部下に顎《あご》をしゃくりつつも、ワードは自分の死に場所はここだと決めていた。

戦艦、それもドイツ第三帝国が誇った最大の戦艦のDCT（ドイツ式射撃指揮所）ほど、自分にふさわしい死に場所はあるまい。

「時代も変わったものだな」

DCTの脇を敵艦載機がすり抜けていく。

沈没のきっかけとなったのが空襲だったことも、ワードが脱力感に浸った要因だった。戦艦との撃ちあいで負けた末であれば、これほどあっさりとはならなかったかもしれない。

そこで再び、艦尾を魚雷が襲った。

実質的に、これがとどめの一撃だった。

異音とともに一段と艦の傾斜が強まった。艦内はもはやなにかにつかまっていなければ、立っていられないほどになり、そこからは坂道を転げおちるように早かった。

周囲の海面を激しく泡立てながら、艦は大量の海水を飲み込んだ。

艦尾の上甲板が海中に沈み込み、代わって艦首艦底が海面上に覗いてくる。

艦はのけぞるようにして角度を深め、海中に没していく。海水が艦内を浸食し、ＤＣＴを海水が満たすのにも、そう時間はかからなかった。

（自分はこれまでだが、総統が築いた第三帝国はまだ終わらん）

この点だけはワードの胸中で生きていた。千年帝国樹立の一助となるべく、ヨーロッパからハワイ、そして東アジアへも遠征して戦った記憶が、ワードの脳裏を早足で駆けぬけた。

轟々と海水が渦巻く。

「第三帝国に栄光あれ」

死に際に放ったワードのひと言は、乗艦とともにフランス沖に消えた。

急速に拡大を遂げ、ドイツ第三帝国の伸長を支えたドイツ海軍は、ここで事実上滅亡した。

これはドイツ第三帝国が片腕を失い、衰退への道を転げおちる象徴でもあった。

イギリス本土周辺の制海権と制空権を自由同盟軍が握った。イギリス本土奪還は時間の問題でしかなかった。

世界大戦はここで再び、大きな転換点を迎えたのだった。

エピローグ

一九四六年三月二七日　北東大西洋

日米英仏自由同盟艦隊は、イギリス南西のランズ・エンド岬沖を北上していた。

暦は春でも、まだまだこの海域の空気は冷たい。冷風が海上に吹きつけ、ちぎり立つ海面は寒々とした灰色のものだった。

艦隊をとりまく空気も、春の訪れとはいえない微妙なものだった。

艦隊上空を飛ぶ自由日本海軍特務中尉・大川喜三郎の胸中もまた、安穏としたものではなかった。

先ごろ、電撃的にドイツとの休戦が成立した。

喜ばしいことではあったが、喜三郎はそれを手放しで喜ぶ気にはなれなかった。

この戦争で、喜三郎はとうてい修復できない心の傷を負った。

長兄・秀一郎はアフリカ沖で戦死し、次男・栄二郎もフランス沖の海空戦で消息を絶ち、後に戦死と認定された。

言わずと知れた大川三兄弟は、三男の自分だけが残されてしまったのである。

軍の体制復旧と再整備に伴い、二階級特進を果たしたのも、喜三郎自身にとってはなんら意味のないこととしか思えなかった。

もちろん、こうした境遇に陥ったのは喜三郎だけではない。

戦争は数えきれない悲劇を生み、人の心を蝕《むしば》む。そして根本的には、まだ戦争が終わったわけではない。

世界大戦の局面を大きく塗りかえたのは、ソ連の最高指導者ヨシフ・スターリンだった。

スターリンはヒトラー以上に狡猾《こうかつ》だった。

ヒトラーは戦線の拡大防止と東方の脅威を除くため、ソ連に対しては軍をさしむけず、さまざまな内部工作を仕掛けるにとどめていたが、スターリンはそれを逆に利用したのである。

もちろん、ヒトラーの狙いどおりにソ連が内部崩壊していれば、今ごろモスクワにはハーケン・クロイツが翻っていたのかもしれないが、スターリンはしぶとく生きのこり、したたかに力を温存していた。

そして、自由同盟四国との交戦でドイツが弱った好機を、スターリンは見逃さなかった。

スターリンは突如、国境線を越えて軍を西進させたのだ。

ドイツとソ連で分割占領されていたポーランドはまたたくまに全土がソ連のものとなり、ドイツ本国も圧迫された。これを見て、ヒトラーは自由同盟諸国に休戦、和平をもちかけた。

条件は、アメリカに残っている軍の引きあげとフランス本国の返還である。

ナチスの脅威は根本から断つべきというのは正論だが、米仏のみならず日英も同意して、それを受けいれたのだった。

前線で戦う将兵には複雑な空気が漂った。もう戦わなくてよいのだと単純に安堵する者もいれば、敵がまだ残っているのにと釈然としない思いで銃を置く者もいた。

「限界だったのだろうな」

喜三郎の正直な感想だった。

アメリカやイギリスのような大国に比べて、日本の国力は劣る。本土を奪われて、それを取りもどすだけでも大変な労力を要したうえに、世界の逆側にある欧州まで遠征して戦った時点で、日本の国力はとっくに限界を超えていたのである。

イギリスにしても、これ以上ドイツとの戦争を長びかせるよりも、荒廃した国土の復旧が優先だと考えても、なんら不思議ではなかった。いまだにドイツの支配下にあるノルウェーや独ソ戦の戦場になっている東欧諸国には申しわけないが、自由同盟もここが限界だった。

だが、本当にそうだろうか？

突然編隊が崩れ、銃撃音が轟いた。眼下の艦隊にも動きがあった。

「砲撃準備？　潜水艦？」

気がつけば自由イギリス海軍の艦のみが離れ、日米仏の艦が取りのこされていた。

喜三郎にも「味方機」が射撃態勢で迫ってくる。

「すまんが、ここで消えてくれ」

「スミス少尉？　スミス少尉なのか？　どういうつもりだ!?」

同僚であるはずのオリバー・スミス少尉が「反乱」を主導していた。

「我が名はエドワード・オブ・ヨーク。すべては大英帝国復権のため」

オリバー・スミスというのは偽名であって、実は王族の血を引く極右思想の男だった。

いつのまにかオリバー・スミスあらためエドワード・オブ・ヨークの後ろには、多数のイギリス軍機が従っていた。

「この戦争はアメリカと日本を弱らせるためのものだった。我が大英帝国もそれなりの痛みを被ったが、そこそこ目的は達成されたと考えているよ」

「なんだと。俺たちはすべて貴様らの掌《てのひら》のうえで踊らされているだけだったというのか」

「諸君らエース・パイロットもこの先、邪魔になるだろうからね。ここで消えてもらうとするよ」

「ふざけるな！」

「そう、ふざけるな、だよな」

「その声は!?」

まさかの連続だった。

ヴィシー・フランス空軍中尉アデール・ベルナールドの裏切りで撃墜死されたかに思われていた自由アメリカ海軍少尉ベンジャミン・リードのまさかの登場だった。

「教えてやろう。我が名ベンジャミンとは、ヘブライ語で『もっとも頼りになる助力者の息子』という意味がある。そのとおりだったろう？」

リードは高らかに笑った。

「さあ、みんな。俺様のために働いてくれるのだろう？」

「あなたがやれって言うなら、従ってあげるわよ。その代わり、今夜はあなたに従ってもらうから」

「もちろん、やるわよ。今夜、とことんつきあってもらう代わりにね」

「はいはい。どなたとも、いくらでも、おつきあいしますって」

リードは大勢の女性パイロットを引きつれて、戦線復帰してきたのだった。数はヨークの編隊より多い。

「どうするよ。エドワードだかなんだか知らないが、スミスさんよ」

両者は睨みあうようにして平行に進む。

「おっと。逃げようったって、そうはいかないよ」

脱出をはかろうとするヨーク配下の機に、リードの連れた女たちが立ちふさがった。

「どうだい。日本には大将勝負ってのがあるって聞いたが。ねえ、キサブローさん」

リードはあえて末尾のみ日本語を使った。喜三郎への敬意と促しのつもりだった。

「自分にやらせてくれるならば受けてたつ。どうだ、スミス少尉」

「Ｓｈｉｔ！」

まともな返答なしにヨークは飛びだした。

「少尉！」

「おっと。汚い真似はなしにしてもらおうか。これは男と男の神聖な決闘なんでね」

ヨークを援護しようとしたセス・スチュアート少尉候補生機に牽制の銃撃を浴びせつつ、リードは場を整えた。

ヨークと喜三郎との「決闘」が始まった。

互いにシー・ファイアを操った空戦は、正面戦から垂直方向の格闘戦へ、そして水平方向の格闘戦へと推移していく。

機体性能は同等、ともに技量優秀とくれば、チャンスは少ない。

触れれば火傷しそうな緊張感あふれる空戦は、しばらく続いた。

ＲＲマーリン45エンジンの雄叫びがぶつかり合い、扇形の主翼が陽光を鋭く反射する。

極限の戦いになればなるほど、最後は精神力の勝負になる。熱くならず、視野狭窄《きょうさく》に陥らず、平常心を保って実力を出しきることの重要性を、喜三郎は長兄・秀一郎に学んでいた。

喜三郎はヨークを追って真後ろに出た。加速する。距離を詰めて銃撃すれば、喜三郎の勝ちだ。

「来るか」

それを予期できないヨークではない。急上昇をかけて機体をひねる。

たまらず飛びだした敵を後ろ上方から狙うバレル・ロールの機動だった。

しかし、ここでヨークは策を講じた。相手は並みのパイロットではない。自分がバレル・ロールに入ったことを素早く認識した敵は、急制動をかけて飛びだしを防ごうとするはずだ。

そこにループをかけて、上から叩く！

ヨークは横方向に機体を一回転させてから、操縦桿を目一杯引きつけた。今度は縦方向に円を描くように機体を動かす。

ヨークの狙いでは一回転した先に、喜三郎機の背中があるはずだった。あるいは喜三郎がそのままあっさりと直進していれば、仕切りなおしするだけだった。

ところが……。

「Ｗｈａｔ！」

機体を半回転しかけたところで、ヨークは信じがたいものを目にした。

喜三郎だ。それが自分を串刺しにするように上がってくる。

喜三郎はヨークの動きをよく観察していた。最後は多少勘による部分もあったが、トリッキーに演じたはずのヨークの動きは、結果的に喜三郎に完璧に把握されていたと言える。

垂直上昇をかける喜三郎機の銃口が、橙色に閃く。突きあげる銃撃が、背面の状態のヨーク機を貫く。

「そんな」

頭の先から足下へ向けて突きぬけていく銃弾に、ヨークは狼狽《ろうばい》した。

信じたくないと思ったが、これが現実だ。否定できない。

「しかも、自国の機に撃墜されるなど、なんたる……」

隊のなりたちや経緯から敵――喜三郎機はイギリス製のシー・ファイアだった。

自国製の機で、しかも同じ赤白青のラウンデルを付けた機に撃墜されるとは、これ以上ない屈辱だった。

ヨークの意識はそこで途絶えた。

「ウィナー、キサブロー」

リードは声高に勝利宣言した。

自由イギリス海軍の一部で生じた蜂起は大部分が未遂に終わり、多数の逮捕者を出して幕引きがはかられた。

自由イギリス政府は「一部の過激な国家至上主義者たちの暴走」として政府や国家レベルの関与を否定したが、その真相は歴史の狭間に葬られて消えたのだった。


喜三郎は日本空母『瑞鶴』に着艦した。

イギリスのことを度外視しても、まだ欧州の内陸部では戦火が途絶えていないことがわかっていたが、そこで銃火を閃かせて飛ぶイメージはすでになかった。

残っているのは、ヒトラーとスターリンという独裁者どうしの戦いである。それは野望と自尊心を賭けた狂気の戦いであって、防衛や解放とはほど遠い戦いなのだから。

（ここは変わらず、か）

懐かしいにおいがした。実に四年ぶりの着艦だったが、『瑞鶴』は無条件で自分を受けいれてくれた。

細かく見れば、対空兵装の増強やレーダーの装備など、自分のいない間に改装された箇所もあるのだろうが、喜三郎の目には『瑞鶴』は自分の知っている『瑞鶴』のままだった。

懐かしい。だが、やすらぎはなかった。

「帰ってきた……けど、一人じゃね」

この戦争で、自分はかけがえのない兄二人を失った。

絵に描かれたような立派な肩書きと容姿を持ちながらも、それを鼻にかけるどころか、自分たち弟の良さを探して認め、理解し、よく面倒みてくれた長男の秀一郎兄さん、そして戦争中もそばで支えつづけてくれた次男の栄二郎兄さんは、もういない。

そう思うと、厳しい戦時でも常に飄々とした様子でとおってきた喜三郎に喜びはなかった。

「一人になっちまった。これから……」

目頭が熱くなったが、喜三郎は涙を隠した。

男は涙を見せぬものと、兄二人にも言われてきた。その教えを守られないようでは、生きのこっている資格はない。弟失格だ。

「そんなに肩肘張って生きることはないぞ」

はたから見ても、無理をしているように見えたのだろう。

「なにごとにも動じない平常心が、お前のいいところだったろうに」

「え!?」

喜三郎は顔を跳ねあげた。

「なあ、喜三郎」

「え、栄兄!? まさか」

喜三郎が振りかえった先には、兄・栄二郎の姿があった。

松葉杖で身体を支え、頭や腕に包帯を巻きつつも、こげ茶色の髪と瞳、二重瞼に長いまつ毛という特徴は、まぎれもない次男・栄二郎だった。

「え、栄兄。夢、じゃないよね」

喜三郎は何度も目をこすって、まばたきを繰りかえした。

栄二郎が白い歯を見せる。喜三郎のようなかわいい八重歯はないが、健康的で爽やかな白い歯だった。

「あたりまえだろう。幽霊じゃないぞ。ほら、足だってある……イテテ」

「栄兄！」

倒れそうになる兄の身体を、喜三郎は駆けよって支えた。自然に笑みがこぼれる。

「俺は死なんと言っただろう。死神さえも撃ちおとして、現世にしがみついてでも生きてやると」

「栄兄、よく」

「実は危なかったがな。海上に投げだされて浮いていたところを、運よく拾いあげられてな。こんな状態でしばらく寝たきりだったから、連絡もできなかった。心配かけたな」

「よかった。本当によかった」

緩んだ喜三郎の表情は、そのまま涙顔に変わっていった。嗚咽が漏れる。

それを見守る栄二郎の表情は、優しく穏やかだった。

（今は泣きたいだけ、泣けばいい。この戦争で俺たち兄弟もいろいろとありすぎた。秀兄の奥さまにもいずれ、ご報告にあがらねばなるまい。自分たちにとっても、真に誇りに思える立派な兄だったと）

そして、自分は今後、どうする？

（好きにするさ）

秀兄のぶんも頑張って生きる。これからは自分が長兄として引っぱっていくなどと、きばる必要はない。お前はお前らしく生きろと、秀兄ならば言うに違いないと思った。

「そのとおりだ」とでも言うように、魚が勢いよく海面から跳ねた。

空は曇天からうってかわって青々と澄みきっていた。


（百花繚乱の凱歌　了）

RYU NOVELS

百花繚乱の凱歌③
最終決戦！

2020年1月22日　初版発行

著　者　遥《はるか》　士伸《しのぶ》
発行人　佐藤有美
編集人　酒井千幸
発行所　株式会社　経済界
〒107-0052
東京都港区赤坂 1-9-13　三会堂ビル
出版局　出版編集部☎03(6441)3743
　　　　出版営業部☎03(6441)3744
振替　00130-8-160266
ISBN978-4-7667-3280-1

印刷・製本／日経印刷株式会社

Printed in Japan

RYU NOVELS

天正大戦乱 異信長戦記1～3 中岡潤一郎
技術要塞戦艦大和1 2 林 譲治
帝国海軍よろず艦隊1 2 羅門祐人
日中三日戦争 中村ケイジ
百花繚乱の凱歌1 2 遙 士伸
ガ島要塞1942 1 2 吉田親司
天空の覇戦1 2 和泉祐司
極東有事 日本占領1 2 中村ケイジ
戦艦大和航空隊1～3 林 譲治
パシフィック・レクイエム1～3 遙 士伸

大東亜大戦記1～5 羅門祐人 中岡潤一郎
異史・新生日本軍1～3 羅門祐人
修羅の八八艦隊 吉田親司
日本有事「鉄の蜂作戦2020」 中村ケイジ
孤高の日章旗1～3 遙 士伸
異邦戦艦、鋼鉄の凱歌1～3 林 譲治
東京湾大血戦 吉田親司
日本有事「鎮西2019」作戦発動！ 中村ケイジ
南沙諸島紛争勃発！ 高貫布士
新生八八機動部隊1～3 林 譲治